目次 contents

単行本未収録SS集

ある冬の日

（「小説家になろう」活動報告・マイン視点のSS）

今日は父さんの仕事が休みなので、父さんとトゥーリがパルゥ採りに行っていた。わたしはいつも通りに門でオットーのお手伝いをしながらお留守番だ。パルゥ採りでは役に立たないわたしだけれど、計算作業ではちゃんと役に立っている。

お昼を過ぎた。太陽が一番高いところまで来るとパルゥ採集は終わりなので、たくさんの人達がぞろぞろと森から戻ってくる。門番達はその中に不審者が混じっていないか目を光らせるのに大忙しで、オットーもかり出されるのだ。

一人で石版を使ってカツカツと計算していると、父さんが宿直室に顔を出した。

「マイン、帰るぞ」

「トゥーリは？」

「先にラルフやルッツ達と歩いてる。急ぐぞ」

迎えに来てくれた父さんに肩車されて、わたしは門を出た。急ぐ時はまだ歩かせてもらえない。歩くのがちょっと遅めのわたしは、誰かに抱き上げられたり、担《かつ》がれたりして移動することになる。

父さんが少し大股で歩けばすぐにそりを引いているトゥーリ達に追いついた。

「トゥーリ、お疲れ様。今日は何個採れた？」

「父さんと二人だからね。三つだよ」

トゥーリが引いているそりには背負い籠《かご》が積まれていて、その中には確かにパルゥが三つ入っているのが見える。

「ルッツ達は？」

「ウチは七つ。最後の一つがもう少しで落ちるところだったんだけど、間に合わなくてさ」

そんなことを話しながら大通りから路地に入った。すると、少し先で数人が言い争っているのが見えた。

「ハァ、今日は休みなんだが……」

父さんが面倒くさそうにそう言いながらわたしを下ろした。

「ひとまず様子を見て、門に知らせるか放っておくか決めるから、トゥーリは先に帰ってパルゥの処理を頼む。マインはここで待ってろ。悪いが、ルッツ。マインと一緒にいてもらっていいか？」

「オレは良いけど……」

ルッツはそう言いながら、自分のお兄ちゃん達に視線を向ける。一番年上のザシャがコクリと頷いた。

「別にいいんじゃね？　オレ達は先に帰るけど」

ザシャの返事に父さんは「悪いな」と言いながら自分のマフラーを外して、わたしとルッツをまとめてぐるぐる巻きにした。

「絶対にルッツから離れるなよ、マイン」

「これじゃ離れようがないよ」

父さんは雪の上でも敏捷《びんしょう》な動きを見せて、「こら！　そこ、何をしている⁉」と争っている人達の方へ駆けていった。

「じゃあ、先に帰るからな」

ラルフやトゥーリが帰っていくのを見送ると、途端に周囲が静かになる。早く終わると良いな、と思いながら父さんが向かった方を見ていたが、同じような表情をしているルッツに気が付いた。

「ごめんね、ルッツ。こんなに寒いのに一緒に待ってもらうことになって」

「今日は晴れてるから別にいいって。オレのことより、マインこそ風邪を引くなよ」

ルッツがぐるぐる巻きにされたマフラーを見ながら少し動いた。さりげなく風上に立ってくれたルッツに気付いて、わたしは思わず口元が緩んでいく。

「大丈夫だよ。父さんのマフラーがあるから、ぬくぬくだもん。ルッツも少しは温かい？」

「まぁな」

えへへっと笑いあって二人で待っていると、すぐに父さんが戻ってきた。どうやら仲裁《ちゅうさい》はすぐに終わったらしい。

「待たせたな。さぁ、急いで帰るぞ。今日はパルゥケーキだ」

※二〇一六年元旦に鈴華様が上げたイラストを見て、思い浮かんだSSです。

Illustrated by Suzuka

娘はやらんぞ

（二〇一五年アニメイト用特典書き下ろし短編）

「班長、娘さんはどうしたんですか？」

　門番の交代で俺が門の前から中に入ろうとすると、レクルに呼び止められた。レクルは比較的計算仕事が得意で、マインの仕事振りに奮起していたらしく、門での計算仕事の大半を受け持つオットーが自分の後任として目を付けているとは聞いていた。数年後には兵士を辞めて、本格的に大店《おおだな》の家族として仕事をすることが決定したオットーは、後任の教育に頭を悩ませている。

「ウチの娘が何だ？　どっちの娘もお前の嫁にはやらんぞ」

「あんなに小さい子、年が離れすぎてて対象になりませんよ。何を言っているんですか？　って、班長の親馬鹿はどうでもいいです。夏になってから全く門に来てないじゃないですか。オットーさんの手伝い、オレばっかりがやらされてるんですけど」

　できる奴に任せるのがオットーのやり方なので、レクルばかりに後任教育が向かっているらしい。時々門に来る助手としてマインに計算の見直しを任せる予定だったけれど、もう門の仕事はできない。マインは完全に神殿にとられてしまったのだ。大誤算、とオットーは頭を抱えている。

「マインは計算能力を買われて、大店で仕事を始めたんだ。門の手伝いをする余裕なんぞない。それでもなくても、体が弱いんだからな」

　マインが神殿に入ったことは公言しない。外部にはギルベルタ商会で世話になっていることになっている。実際、今でも出入りしてはルッツと一緒に何やら作ったり、売り込んだりしているようなので嘘ではない。

「オットーさんから班長の娘さんと比べられて散々ですよ」

　マインはすごく頭が良い……らしい。俺にはどう頭が良いのかわからない。だが、いくら助手を付けろと言っても「足手まといを助手にしても時間の無駄です」とバッサリ断っていたオットーが興奮して「マインちゃんを助手にしてください」と掛け合ってきたり、大店の商人見習いになるための許可が得られたり、神殿でも孤児院を任されたり、神官長の執務の手伝いをしていると聞けば、相当なのだろうとは思う。

　……さすが、マイン。俺の娘。

「フフン、ウチの娘は神様に愛されているからな。レクルと違って特別なんだ」

　だが、特別だからこそ、神殿にとられる羽目になった。最近はちょっとだけ神様が恨めしい。

「ハァ、班長の話は大袈裟《おおげさ》ですけど、そんな特別な子と比べられたら堪《たま》りませんよ」

……まぁ、他の兵士達が体を鍛えたり、門に立ったりしている間、ずっと書類や木札と睨めっこじゃうんざりするだろうな。

オットーやマインのように書類仕事を嬉々としてやる兵士などいない。俺もずっと計算仕事ばかりをしろと言われたら兵士を辞めたくなるだろう。

「レクル一人に負担を押し付けるわけにはいかんからな。他の兵士達も合わせて鍛えるようにオットーに言っておこう」

……ついでに、マインに計算の仕方の良い教え方がないか、聞いてみるか。

商人見習いになるためにルッツが冬の間、マインに教えられて文字や計算の練習をしていたとエーファから聞いている。一冬《ひとふゆ》の間にずいぶんと上達したらしい。


マインに相談したところ、「まず、オットーさんみたいに書類仕事が嫌じゃない人を探してみたら？」と言われた。

「せめて、わたしみたいに体が丈夫じゃなくて体を使わない仕事を探している子を書類仕事専用として雇うようにしないと、体を鍛えて街を守るって熱意に溢れた兵士達には書類仕事の適性がないよ。最初に受ける教育でも嫌々じゃない」

やる気がない人にいくら教えても身につかないよ、とマインは言った。

「門で灰色神官が雇えたらいいんだけどね。計算仕事や貴族の対応に慣れた人もいるんだから」

俺が紹介すれば就職はできるだろうが、灰色神官達は生活全般に関する常識がない。文字通り、住んでいる世界が違う。さすがに買い物一つできないくらいに下町での常識がない奴の生活全般の面倒は見きれない。

「……その能力はものすごく欲しいが、ものすごく難しいな」

おっかなびっくりで周囲の様子を見回しながら街の中を歩き、怒鳴り声や拳骨に体を竦《すく》めている孤児院の奴等を思い出して首を振った。悪い奴等じゃないことはわかっている。でも、書類仕事だけできても門での仕事は無理だし、あいつらが下町で生きていける気がしない。

「すぐには無理でも、十年後とか二十年後くらいには孤児院の子達も外へ出るのが当たり前になって、下町でも就職先が見つかるようになればいいと思ってるよ」

そう言って笑ったマインは孤児達の先を見据える孤児院長の顔になっている。神殿という自分が立ち入ることができない世界に馴染《なじ》んでいくマインが急に遠くなった気がして、俺は思わずマインを抱き締めた。

……神様にも神殿にもマインはやらんぞ！

困った妹

（「小説家になろう」活動報告・トゥーリ視点のSS）


わたしが孤児院で本の綴《と》じ方を教えたその日、できあがった絵本の内の一冊をマインがウチへ持って帰ることになった。昨日はウチで作ったけれど、あれは見本のために工房へ持っていったので、完成した本としては今日が初めての持ち帰りになる。

「はぁん……。これがウチに持って帰る分……」

ルッツが工房から持ってきた絵本を、マインはこの上なく幸せそうな顔で抱き締めた。

「今日まで長かったね。完成するまで本当に大変だったよね。でも、これでとうとうウチに本が置けるんだよ！　わーい！」

「マイン様、お言葉が乱れています」

側仕えのロジーナが、青い巫女見習いの服を着たままで本を抱き締めて喜ぶマインを注意する。マインは急いでお嬢様っぽい笑顔を作って「以後、気を付けます」と言ったけど、全く気を付ける様子は見えない。笑顔がゆるゆるで、浮かれているのが一目でわかる。

「マイン、興奮しすぎだよ」

「興奮するよ！　ウチに本が置けるんだから！」

……あーあ。ダメだね、これ。

わたしが肩を竦めてルッツに視線を向けると、ルッツも仕方がなさそうな顔になった。

「マイン、今日はもう帰ろうぜ。興奮しすぎだ。帰り道で倒れるぞ」

ルッツは呆《あき》れた声を隠しもせず、着替えてくるように促《うなが》す。「わかった」と絵本を抱き締めたまま跳ねるように階段を駆け上がるマインがまたロジーナに叱られた。

「今日は何を言っても聞いてなさそうだね」

「そうだな。まぁ、二年も欲しいと思ってた物がやっとできたんだ。マインが嬉しいのはわかる。草を集めたり、粘土板を作ったりしていた頃から考えると、よく頑張った、とオレでも思えるもんな」

マインの本作りに一番協力してきたのはルッツだ。お昼ご飯のお裾分けや父さんからのお小遣いというちょっとした報酬はあったけど、よくマインのわけがわからない行動に付き合えたよね、と姉のわたしから見ても感心してしまう忍耐強さだ。

「ルッツのおかげだよ。マインの我儘《わがまま》に付き合ってくれてありがとう」

わたしがそう感謝すると、ルッツは「うーん……」と少し納得できないような顔になった。

「トゥーリや兄貴達はよく付き合えるなって言うけど、オレはマインにずっと助けられてきたし、自分の夢を叶えるためにマインと一緒にやって来ただけだからなぁ……」

ルッツは自分の着ているギルベルタ商会の見習い服を見下ろして、上着を少しつまんで引っ張った。マインの助言や協力がなければ商人見習いになれなかったから、ルッツにとってはお互い様なのだそうだ。

「そりゃ、マインが作った珍しい物がギルベルタ商会のベンノさんの目に留まって、商人見習いへの道が拓《ひら》けたんだと思うけど、絶対にマインよりルッツの負担の方が大きいと思うよ」

「大変なのはオレかもしれないけど、兄貴やトゥーリからはマインのすごさが見えないんだ」

ルッツは真面目な顔でそう言った。ギルベルタ商会でベンノさんと髪飾りの話をしていた時は、マインがすごいことをしているのは何となくわかったけれど、どちらかというとマインは足手まといになる方が多いので日常生活ではあまりすごいと思わない。

「わたし達はギルベルタ商会にいるマインを知らないからね」

「それはそうなんだけど、それだけじゃなくて……。オレ、マインに文字と計算を教えてもらっただろ？」

冬の間、ウチでマインがルッツに教えているところを見ていたので、わたしはコクリと頷く。商人見習いになるためにルッツはとても頑張っていた。

「同じことを教える家庭教師を商人がいくらで雇うか知ってるか？」

「そんなの、知らないよ」

「週に三日、鐘一つ分だけの授業で、月に最低大銀貨一枚、十万リオンはするんだ。マインは大した見返りがないのに、それだけのことをしてくれたんだ」

ギルベルタ商会でダルア見習い達が家庭教師に教えられたという話をしていて、その家庭教師に払う金額を耳にしたルッツは息を呑んだらしい。「家庭教師も雇わず、親が文字を読めるわけでもないのに、どうやって文字や計算を覚えたんだ？」と聞かれたルッツはマインのすごさを思い知ったそうだ。

……うーん、そうやって聞いたらすごい気がするね。

でも、本を抱き締めたままで「お待たせ、二人共。さぁ、帰ろう！」と階段を降りてくるマインを見た途端、そんな思いは消し飛んだ。浮かれたマインが階段を踏み外して落ちかけたところをロジーナに支えられて事なきを得たのだ。

……やっぱりすごくない。マインはダメダメだよ。

「マイン、そうやって本を抱き締めてると転ぶから、バッグに入れなよ」

わたしの言葉にマインは自分の腕にある絵本と、わたしが突き出したバッグを見比べて、「せっかくだから手触りやインクの匂いを堪能《たんのう》しながら帰りたいんだけど……」と渋い顔になる。

「新しい本はそうやって全身で喜びを堪能する物でしょ？」

「マイン、そんな当たり前のことのように言っても誤魔化《ごまか》されないよ。それ、初めてできた本じゃない」

わたしが本を指差しながらそう言うと、「あ……」とマインが何かに気付いたように顔を上げて、ルッツが「バカ」と呟いた。そして、わたしの前に出て、マインの手から本を取り上げると、手早くバッグに入れてしまう。

「ハァ。マインは相変わらず危機感がないな。こんな高価な紙の束を持っているところを見られるのは危険に決まっているじゃないか。オレ達みたいな子供が持ってたら、確実に盗られるぞ」

マイン達が作っているし、失敗作の紙がウチに結構あるので感覚が麻痺《まひ》していたけれど、紙は高価だ。貴族や富豪でなければ使うことはない。わたし達みたいな貧しい恰好の子供が持っている物ではないのだ。マインは「盗られる」という言葉に、ひぃっ！　と体を震わせた。

「ねぇねぇ、トゥーリ。これはどこに置く？　やっぱり父さんに頼んで、新しく本棚を作ってもらわなきゃダメかな？」

「数が増えるまではマインの木箱で良いよ。それより、前を見て歩いて」

バッグに入れたものの、中の絵本がよほど気になるみたいで、マインはちらちらとバッグを見ながら歩いている。そのせいで何だか左右にふらふらしているし、よほど嬉しいのか、歩き方だっていつもよりふわふわしている。

……危なっかしいったら、ホントに！

最終的にはルッツとわたしの真ん中にマインを歩かせて、二人で両方から手を繋いだ。「ちょっと寒くなってきたから、こうしてるとあったかいね」

……あのね、マイン。暖をとるためじゃないから。

心の中では突っ込んだけれど、あまりにも幸せそうにマインが笑っているので、わたしは口を閉ざした。


「ただいま！　これが我が家にやって来た初めての絵本だよ！　ほら、ほら」

完成した絵本を昨日も見せられたのに、家に着いた途端、今日も同じ物を見せられ、父さんと母さんは困惑して顔を見合わせる。

「マイン、それ、昨日も見たし、聞いたぞ」

……昨日の興奮もすごかったもんね。

昨日の夜、完成した絵本を見せられ、聖典のお話を延々と聞かされながらお酒を飲んでいた父さんが、まるで昨夜のことはなかったような顔で同じことを言っているマインに困った顔になっている。

でも、マインの口は止まらない。

「昨日の本は試作品で、神殿に持って行かなきゃダメだったけど、この本はずっとウチに置いておけるんだよ。やったね。初めて我が家に本が来たんだよ！　あぁ～、幸せ。ウチに本があるって嬉しいよね？　もっともっと増えたらいいのに、って思うよね？」

……別にそこまで思わないけど。

マインが絵本を両手で持ってくるくる回り始めた。楽しそうで何よりだけど、そろそろ危ない。帰り道でも興奮していたのだ。そろそろ体力が尽きると思う。そう思った時には足をもつれさせたようで、マインの身体がぐらりと傾いた。

……あ、こける。

「マイン！」

「ひぎゃっ！　本がっ！」

父さんが慌てて手を伸ばしたのに、マインは父さんの手を取るのではなく、変な声をあげながら絵本が汚れないようにしっかりとお腹に抱えた体勢をとる。

……こんな素早いマインの動き、初めて見たよ。

わたしが妙な感心をしながら見ている前で、マインは背中からボテッと転んだ。ゴッと頭を打った音が響いたけれど、マインは素早く起き上がって「本、汚れてない？」と一番に絵本の心配をした。もう呆れるしかない。マインを助けようと伸ばされたままの父さんの手がちょっと悲しいことになっている。

「マイン、少しは背中から転んだ自分のことも心配してくれ。どこも痛くないのか？」

「平気。これくらいは名誉の負傷だよ」

……どう考えても不名誉だよ。

どうして胸を張ってそんなことを言えるのかわからない。家族皆が呆れて見下ろしているのに、マインはお構いなしで本をくるくるとひっくり返して傷んでいないか確認している。

「わたしの怪我は治るけど、本が破損したら直せないの。まだ色々と道具が足りないからね。そっちの道具も考えなきゃダメかも」

わたしが一番心配なのはマインの頭だ。本以外のことにもちょっとは目を向けてくれないだろうか。

特に怪我のなさそうな姿に安心したように母さんが大きなお腹を押さえて、そっと息を吐いた。

「マイン、本を汚したくなかったら、少しは落ち着いたら？」

「大丈夫。もう落ち着いたよ。それより、赤ちゃんのためにどんどん新しい絵本を作らなきゃね！　それで、いっぱい読み聞かせをして、本好きな子に育てるの。うふふん」

転んでも本のことだけを心配しているし、頭にあるのは次に作る本のことだけ。

……もう、ホントにマインは！

マインは大店の旦那様にも負けずに商売の話をしたり、すごいお金を稼いだり、孤児院の子供達に慕《した》われたり、色々なことを知っている。でも、わたしから見たら、やっぱり手がかかる困った妹でしかないのだ。

絵本と文字の練習

（二〇一六年　書泉グループ×TOブックスフェア書き下ろし）

「じゃあ、手伝うからわたしにも本をちょうだい。わたしも字を覚えたいの」

本の仕上げをするから協力してほしいとマインに頼まれた時、わたしは思い切ってそう言った。お手伝いのために孤児院に出入りすることが増えると、わたしだけ読み書きができないような気分になるのだ。

……この辺りでは読めないのが普通なんだけど、わたしの周りだけ、やたら読み書きのできる人がいるんだよね。

本を作るマインはもちろん、門番をしている父さんも読み書きができる。前は読めても書くのがあまり得意ではなかったみたいだけど、マインがオットーさんから字を教えてもらうことになった時に「父親の威厳が！」と言って、こっそり練習していたのを知っている。

ルッツは商人見習いになるために、去年の冬にマインから教えてもらっていたのに、今では契約の書類を読むこともできる、とカルラおばさんが自慢していたくらいだ。コリンナ様もお仕事に使う木札には字を書き込んでいた。いつの日かコリンナ様の工房で働こうと思ったら、字の読み書きは必要になると思う。何より、先にギルベルタ商会で働いているルッツやマインに置いて行かれたくはない。

「これが石筆《せきひつ》ね。持ち方はこう。あぁ、違うよ、トゥーリ。そんなふうに握っちゃダメ」

黒い石板を前に置いて、白い石筆の持ち方や線の書き方から練習は始まった。

……文字はまだまだ先なんだって。

わたしはマインに言われた通りに石筆を持って、マインが描いたお手本と同じように線を引いていく。でも、何だか力がきちんと入らなくて、お手本のように真っ直ぐの線が引けず、ひょろひょろとした薄い線になってしまう。

「マイン、こんな持ち方じゃ力が入らないよ」

「針に正しい持ち方があるように、ペンだって正しい持ち方があるんだよ。石筆はどんなふうに持っても線が引けるけど、この持ち方に慣れなきゃ、ペンを使う時に先がすぐに潰れちゃう」

マインにそう言われて、わたしは何だか力の入りにくい持ち方で石筆を動かしてひたすら線を引く。でも、マインは簡単にしているのに、真っ直ぐの線を引くのも意外と難しい。

「トゥーリ、面倒に思っても頑張ってね。真っ直ぐの線や思った通りの円い線が描けないと、衣装の形も描けないから」

そして、書く練習をする合間に、字を読む練習もしなければならないらしい。

「耳で文章を覚えてから、目で追って読めるようになって、最終的に手で書けるようになればいいんだよ。トゥーリがコリンナさんの工房に移れるのはまだ先の話だから、ルッツみたいに急いで詰め込まなくても大丈夫」

「でも、ルッツだって半年以上かかったんでしょ？　コリンナ様に工房を移りたいってお願いしようと思ったら、あんまりのんびりできないよ」

ダルア見習いの契約は三年だ。工房を移ろうと思えば、早めに移動のための約束をしなければならない。一年くらいしか余裕はないのだ。

「一年もあれば大丈夫。それより、楽しんで本を読んだ方がいいよ。本や字を見るのが嫌になったら、全く頭に入らなくなるからね。門で嫌々やってる見習いの子は文字を覚えるのも時間がかかって、教えるオットーさんは苦労してたよ」

マインは笑ってそう言いながら、子供用の聖典絵本を広げた。

「闇の神は気の遠くなるような長い時間をたった一人で過ごしてきました」

マインはわたしにわかるように指で言葉を示しながら、本をゆっくりと読んでいく。本当に嬉しそうに顔を綻《ほころ》ばせて、月のような金の瞳をキラキラに輝かせている。至福の顔をしているマインを見ながら、わたしは続けて同じ言葉を繰り返す。まだ文字を見てもわからなくて、マインが言った通りに繰り返して言うだけだ。

「闇の神は気の遠くなるような長い時間をたった一人で過ごしてきました」

「そうそう、イイ感じ。じゃあ、次ね。ずっと一人だった闇の神の前に光の女神が現れ、辺りを照らします」

闇の神が光の女神と出会い、結婚して子供が生まれる。その子供が水の女神、火の神、風の女神、土の女神だ。

「最初に生まれたのは水の女神フリュートレーネです。フリュートレーネは癒《いや》しと清めの力を持っています」

マインの言う通りに繰り返して本を読み、石板に石筆で線を引く練習をする。

「うん、これくらい線が上手に描けるようになれば、文字も書けると思うよ」

いくつもの線の練習を終えて、やっと文字の練習が始まった。最初に教えてくれたのは、わたしの名前だ。

「一番使うのは自分の名前だからね。ギルベルタ商会に入る時にルッツは誓約書を書かされてたよ。トゥーリもコリンナさんの工房に入るつもりなら、必要かも」

「そうなの⁉　そんなに大事なことなら、もっと早く言ってよ！」

線を引くだけでも難しいのだから、文字を全部覚えるのはもっともっと大変だ。ルッツは冬の間に覚えたけれど、わたしもコリンナ様にお願いしに行くまでに覚えられるだろうか。とても不安になってきた。

わたしはマインが書いてくれたお手本を見ながら、自分の名前を書いていく。自分の名前、家族の名前、友達の名前、コリンナ様の名前、ギルベルタ商会の書き方を教えてもらった。


「ルッツが迎えに来たから、わたしは行くね」

マインは冬支度のために、ほぼ毎日のように神殿へ行っている。見習いなのに、わたしと違って隔日《かくじつ》ではないのだ。

……熱を出してよく休んでるから、行ける時は毎日行くんだろうけどね。

マインに言われた通り、絵本の文字を書き写しているとコトンと音がした。顔を上げると、お腹の大きい母さんが「頑張ってるわね」と水を入れてくれたところだった。

「すごく難しいよ。ルッツが冬の間に覚えたのもすごいけど、門で計算のお手伝いをしながら覚えたマインはもっとすごいと思う」

いつのことだったか、門の見習い達に教えるオットーさんのお手伝いをしている、と聞いたことがある。つまり、門に行き始めて一年もたっていない頃からマインは教える方の立場になっていたのだ。あの頃は聞き流していたけれど、あり得ない。

「ふふっ、門のお手伝いね……。わたしも成人前は父さんのお手伝いをさせられたものよ」

「母さんの父さんってことは、おじいちゃん？」

「そう。門の士長だったからね。お貴族様が招集する会議が時々あるでしょ？　そこでお茶を出すための言葉遣いとお茶の淹《い》れ方は教えられたの。でも、必要なかったから文字は教えられなかったわ」

おじいちゃんもおばあちゃんももういない。だから、あまり話を聞いたことがなかった。

「マインが神殿に入らずに、ウチで代筆の仕事をしながら門のお手伝いをしていたら、きっとわたしと同じように会議でお茶を淹れる仕事もするようになってたと思うわ」

「うーん、マインがお湯を沸かせるようになるところが思い浮かばないけどね」

まだ井戸から水も汲《く》めないマインがお茶を淹れられるようになるのはいつのことだろうか。母さんと二人で笑いながらそんな話をして、わたしは石板に視線を落とす。

「せっかくだから母さんも文字を覚える？」

「今は赤ちゃんの服やおむつを作る方が忙しいから、もう少し後でいいわ。冬に余裕があれば、トゥーリがわたしに教えてちょうだい」

「わたしが母さんに？」

思いもよらなかった言葉に顔を上げて目を瞬くと、母さんは「そうよ。わたしに教えられるように覚えてちょうだい」と悪戯《いたずら》っぽく笑った。

「うん、頑張る！」

母さんに頼られるのが嬉しくて、わたしはもっと頑張ろうという気持ちになった。


そして、やる気に火が点いて、頑張って練習していたわたしだが、一つの疑問が浮かび上がってくる。

……この本っていくらだろう？

自分の作った髪飾りが高価な値段で売られているのを知っているわたしは、神殿から帰って来て、次の絵本について考え中のマインに絵本の値段を聞いてみた。

「えーと、工房で作った物だから、原価はそこまで高くないけど、店で売られるのは小金貨一枚と大銀貨八枚かな？」

「えぇ⁉」

わたしはビックリして、絵本とマインを見比べる。そんな高価な物をこのウチに持って帰って来るなんて信じられない。これからどんどん増やそうと考えるなんてあり得ない。

「できればもうちょっと下げたいんだけど、植物紙もまだ高いし、何よりインク代がホントに高くて……。きっちりと利益を確保しようとするベンノさんも手強いから、しばらくは下げられそうもないね」

マインはいかにして値段を下げるのかを真剣に考えているけど、違う。そうじゃない。

「ウチに置いておけるような物じゃないでしょ？　文字の練習に、なんて気軽に使える物じゃないよ！」

「……え？　子供達が文字を覚える教科書にするために作ったんだよ？　トゥーリったら何を言ってるの？」

……きょとんとしてるマインこそ、何を言ってるの⁉

小金貨二枚くらいの価値がある物をウチに置いて、わたしやこれから生まれてくる赤ちゃんが気軽に使うことに関して何も思っていないみたいだ。まさかこの絵本がそんなに高いなんて思わなかった。これまでの自分の扱いを考えて血の気が引いていく。

「ね、ねぇ、マイン。この本って洗える？」

「洗っちゃダメだよ、トゥーリ！　水に浸けたら紙がボロボロになるから、絶対にダメ！」

「え？　洗っちゃダメなんだ。じゃあ、本が汚れた時はどうするの？」

石筆を触る手で本を捲《めく》っていたので、すでに白い粉が所々に付いている絵本をちらりと見た。わたしの心の中は「どうしよう⁉」でいっぱいになっているのに、マインはあっけらかんとした顔で笑う。

「汚れないように使うのが一番だけど、そこまで気にすることないよ」

「そんな値段を聞いちゃったら気にするよ！」

今までと違って絵本を触るのがとても怖くなった。

……どうしよう⁉　気軽に本が一冊欲しいなんて言うんじゃなかった！

お姉様とのお茶会

（第三部「領主の養女Ⅰ」TOブックスオンラインストア特典）

去年の夏にヴェローニカ派の貴族へ嫁《とつ》いでいったお姉様が、旦那様から数日間実家で過ごす許可をいただいて帰ってきました。今日は久し振りに姉妹二人だけのお茶会です。

お嫁に行くと会う機会がぐっと減ります。そのうえ、外のお茶会では家族より他の方々との社交を優先させますから、お姉様と二人だけの内緒話ができるはずもありません。ですから、こうしてお姉様と二人だけでお茶を飲めるのはとても嬉しいのです。

わたくしがお作法通りに一口お茶を飲んでから勧めると、お姉様はこの家にいた頃よりも優雅な仕草でお茶を飲み、早速本題に入りました。

「ねぇ、クリステル。フェシュピールのお茶会は一体どのようなお茶会だったのかしら？　貴女とお母様は参加できたのでしょう？」

「えぇ。とても素敵でしたよ。お姉様から伺っていた通り、フェルディナンド様のフェシュピールは本当に素晴らしかったです。お声も艶《つや》があって聞き惚《ほ》れずにはいられませんでした。王女にお招きを受けたというのも間違いないと思いましたもの」

貴族院でご一緒しているクリスティーネ様の演奏も巧みで美しいものです。けれど、わたくしはフェルディナンド様の演奏の方が好きです。

……恋歌は殿方《とのがた》の声の方が素敵ですものね。

軽く目を閉じてフェルディナンド様のフェシュピールを思い出しながらうっとりとしていると、お姉様が焦燥《しょうそう》をにじませた声を出しました。

「どのようなお茶会だったのか、詳しく教えてくださいませ。今はどのお茶会に参加してもその話題ばかりなのですもの」

ヴェローニカ派の貴族と結婚したお姉様は旦那様から許可が出なかったため、フェシュピールのお茶会に参加できませんでした。けれど、これからしばらくの間はどこのお茶会でも話題はフェシュピールのお茶会になるでしょう。わたくしはそっと息を吐きました。

「……お姉様の旦那様はヴェローニカ派の貴族ですから、わたくし達中立派と違って簡単に派閥《はばつ》を変えられないのでしょう？　結婚して一年とたたずにヴェローニカ様が失脚《しっきゃく》されるなんて、お姉様は大変な時に結婚してしまったのですね」

あと一年待てばヴェローニカ派の貴族との結婚は取り止めになったかもしれません。けれど、それでは婚約解消をしたということになって世間の目は厳しくなります。何より、再びお相手を探すということになれば、お姉様は適齢期《てきれいき》を過ぎてしまいます。

「二年前、わたくしがヴェローニカ派の貴族との結婚を決意したのはヴィルフリート様の洗礼式の準備をヴェローニカ様が行っているという噂が流れ始めたからです。あのままヴェローニカ様が権勢《けんせい》を誇ると考えても間違いないはずだったのですけれど……本当にままならないこと。時の女神の糸が絡まってしまったのかしら」

「……アウブ・エーレンフェストが悪いのです。フェシュピールの演奏は素敵でしたけれど、お姉様や我が家が大変なのはアウブのせいですもの」

このように家族しかいない内輪の場でなければ、口に出してアウブの批判をすることはできませんけれど、わたくしはアウブのなさりようが不満なのです。

アウブはいくらヴェローニカ様から命じられても決して第二夫人を娶《めと》ろうとせずに、フロレンツィア様を大事にしていらっしゃいました。そのため、アウブが交代すればヴェローニカ様の権勢に変化があるのでは、と考えていた貴族は多かったのです。

けれど、アウブが交代してもヴェローニカ様に何の変化もありませんでした。貴族院で最優秀を取っていたフェルディナンド様は神殿に入れられ、領主一族の周囲はヴェローニカ様におもねる貴族が取り巻くようになり、ライゼガング系の貴族が目に見えて冷遇《れいぐう》されるようになりました。情勢を見た中立派の貴族達は次々とヴェローニカ派に傾いて行ったのです。

「ジルヴェスター様とフロレンツィア様のお子様をヴェローニカ様に育てさせるのですから、ヴェローニカ様の権力は盤石《ばんじゃく》だと思うではありませんか」

「えぇ。ですから、わたくしはヴェローニカ派の貴族に嫁ぎたいとお父様にお願いしたのです」

去年の夏にお姉様はヴェローニカ派の貴族に嫁ぎました。それからはわたくしのお相手もヴェローニカ派から探すように言われたり、貴族院でもライゼガング系の貴族と深く関わらないように注意されたりするようになり、我が家は中立派から大きくヴェローニカ派に傾いたのです。

「それなのに、まさかたった一夜で情勢がひっくり返るなんて……」

突然アウブの手でヴェローニカ様が捕らえられたのは、お姉様のご結婚から一年とたっていない今年の春の終わりのことでした。これまでヴェローニカ様に従順《じゅうじゅん》だったアウブがこのような行動に出るとは誰も考えていなかったでしょう。アウブの母親を捕らえるのですから、本来ならば十分に根回しがされなければおかしいのに貴族達に見えるような水面下の動きなど何もなかったのです。

「領主会議に同行していた上層部の貴族達や側近達でさえ、アウブのお考えを知らされていなかったという有様だと旦那様から伺いました。あまりにも突然すぎます。アウブは何をお考えなのかしら？」

お姉様は不満そうにそう言いながらコクリとお茶を飲みました。わたくしもカップを手に取ります。このような行動を起こすのであれば、もっと早くからヴェローニカ様を排《はい》するお考えを表に出していただきたいものです。

「アウブのお考えはわたくしもわかりませんけれど、ヴェローニカ様に冷たく当たられていたエルヴィーラ様のお嬢様を養女にしたのですもの。これからはライゼガング系の貴族が重用されるようになると思います」

「そうでしょうね。ヴェローニカ様がご健在であれば、いくら魔力が多くて領地に必要でもエルヴィーラ様のお嬢様との養子縁組は絶対に実現しなかったでしょうから」

ローゼマイン様の養子縁組は、アウブがフロレンツィア様以外の妻を娶らないままライゼガング系の貴族が重用されることになるという象徴的な出来事でした。

「クリステル、わたくしは旦那様がヴェローニカ派に固執《こしつ》するあまり、このまま他の貴族達に後れを取っていくのではないかと不安なのです。だって、あの方は情勢が変わったことを未だに受け入れてくれないのですもの」

ヴェローニカ様に恭順《きょうじゅん》を示すライゼガング系の貴族が少なかったように、すぐさま今の情勢を受け入れられるヴェローニカ派の貴族は多くないと思われます。

「お姉様の不安はわかりますけれど、ヴェローニカ派の貴族を排除するというよりはライゼガング系の貴族を引き上げていくという形になるのではないかしら？　フェシュピールのお茶会にヴェローニカ派の貴族も参加していましたし、アウブの側近はほとんどがヴェローニカ派の貴族でしょう？　派閥を理由にすぐさま全てを遠ざけるようなことはできないと思います」

エーレンフェストの上層部のかなり部分をヴェローニカ派の貴族が占めるようになっています。領地の運営や日常の執務《しつむ》を考えても、ヴェローニカ派の貴族を突然全て排することなどできません。

「本当にそうであれば良いのですけれど、たった一夜で周囲に知られずに御自身のお母様を失脚させる方ですもの。……わたくし達の立場や未来を考えてくださるのかどうか、心配にはなります」

　我が家は元々中立の貴族なので、立ち回りによってどちらの派閥にも身を寄せることができます。けれど、ヴェローニカ派の貴族と結婚してしまったお姉様が派閥を変えるのは、旦那様のお考えが変わらない限り難しいでしょう。

「……クリステルはライゼガング系の貴族と結婚することになるのかしら？」

「そうなると思います。我が家の立ち位置を中立に戻すためにはライゼガング系の貴族との結婚が必要だ、とお父様は考えていらっしゃいます。わたくしがフェシュピールのお茶会に参加したのはそのためですから」

　お姉様の結婚によってヴェローニカ派に傾いたばかりだったため、ヴェローニカ様の失脚にお父様は真っ青になりました。毎日これから主流になるフロレンツィア派に何とか近付けないか、と考えています。まだ貴族達が大慌てで、情勢がハッキリとしていない今のうちに我が家はこれからの主流にできるだけ近付いておかなければなりません。お姉様の結婚によってヴェローニカ派に傾いた我が家にとって、派閥を変えるためにはわたくしの結婚が大きな意味を持つのです。

「貴女、冬には貴族院の最終学年でしょう？　エスコートのお相手がこのような短時間で見つかるかしら？」

　お姉様が心配してくださる通り、冬までには卒業式でエスコートしてくれるライゼガング系の殿方を探さなければならないのです。上手くお相手が見つからなければ、叔父《おじ》様やおじい様にエスコートをお願いすることになります。

「ひとまず体裁が取り繕えるくらいのお相手が見つかると良いのですけれど、難しいと思っています。ヘルミーナ様にお願いして、冬までにできるだけライゼガング系の貴族と接触を図るつもりなのです」

「ヘルミーナ様？　ライゼガング系の貴族の母親を持つ方だから、と親交を禁じられていたのではなくて？　貴女、まだ親交があったの？」

　お姉様が呆れたようなお顔になってわたくしを見ました。お父様やお母様に禁じられてもヘルミーナ様とこっそり仲良くしていたわたくしは、少しだけバツが悪くなりました。

「……ヘルミーナ様はとても良い方なのに、大人の都合で親交を禁じられるなんて嫌だったのですもの。親交といっても貴族院の講義の時間だけでしたから、家に迷惑はかけていません」

　わたくしは言い訳をしながら視線を逸《そ》らします。何と言ってみても親の言いつけを守らなかったことが事実であることはわかっているのです。

「でも、ヘルミーナ様のおかげでフェシュピールのお茶会ではライゼガング系の貴族と公の場で仲良くすることができたのですよ。結果的には悪くなかったのですから、もう構わないと思いませんか？」

　わたくしとお母様がフェシュピールのお茶会でライゼガング系の貴族と仲良くできたのは、ヘルミーナ様と彼女のお母様が仲良く接してくださったおかげなのです。

「わたくしの結婚のせいで貴女にも余計な苦労をさせると思っていたから、ライゼガング系の貴族と接点が少しでもあるならば安心しました。少し肩の荷が下りた気分だわ」

　お姉様がすまなそうな顔で微笑んだので、わたくしも同じように微笑みました。

わたくしは時間がないながらも、今からエスコートのお相手を探すことができますし、結婚相手を定めるのは更に先になります。もう少し情勢が定まった状態で結婚相手を選ぶことができるでしょう。生まれた年がほんの数年違うだけで情勢が大違いなのですから、自分のせいでなくてもお姉様に何となく後ろめたい気持ちがあるのです。

　……もちろん、わたくしが結婚した直後に情勢が変化する可能性がないわけではありませんけれど。

　情勢を決めるのはアウブやその周辺の方々です。わたくし達は上の方々の行動に振り回されながら、なるべく自分にとって有利な立場を探しながら生きていくほかありません。

　お互い相手にすまないと思う気持ちを抱えて静かにお茶を飲みます。しばらくの間どちらも口を開かない沈黙の時間が続きました。けれど、それは気詰《きづ》まりのするような嫌な空気ではなく、自分の気持ちを落ち着かせるために必要な優しい沈黙でした。

「……フェシュピールのお茶会について教えてちょうだい、クリステル」

そっとカップを置いたお姉様が気持ちを切り替えたように微笑みました。

「昨日のお茶会で、何もかもが珍しくて初めてのことばかりだった、と得意顔でおっしゃる方がいたのです。参加した方ばかりで華やかに盛り上がって、どのような珍しいことがあったのか、どなたも詳しくは教えてくださらなかったのです。ひどいでしょう？」

お姉様が参加したお茶会では、フェシュピールのお茶会に参加できなかった方が少なかったようで、お姉様はずいぶんと肩身の狭い思いをされたようです。けれど、わたくしもヘルミーナ様もフェシュピールのお茶会についてお話しする時は、フェルディナンド様の演奏を思い出して少し興奮気味になってしまいますし、語れないことも多いために色々な言葉が省略されてしまって他の方には通じにくい会話になってしまいます。

「わたくしにはその方を責められません。フェシュピールのお茶会は参加した者にしかわからないことが多すぎますから、どのようにお話しすれば参加しなかった方に伝わるのか、わたくしもわかりませんもの」

「まぁ、クリステルも皆様と同じことを言うのね」

わかりやすく機嫌を損ねたお姉様にわたくしは小さく笑いました。

「本当に言葉だけでは難しいですし、参加していない方には知らせてはならないこともあるのですもの。家の中ならば現物を見せながらお話しできますから、お姉様にもわかりやすいのではないかしら？」

わたくしは側仕《そばづか》えに命じて、文箱《ふばこ》を取ってもらいました。この中にはあのお茶会で手に入れたわたくしの宝物が全て入っています。わたくしは文箱からまずチケットの半分を取り出しました。

「普通のお茶会と違ってフェシュピールのお茶会では招待状をいただくのではなく、こちらのチケットという物を購入しなければ参加できませんでした。購入する時には座席表を見ながら、招待主ではなく自分達で空いている席を選ぶのですよ」

当時のわたくしが驚いたことを述べると、お姉様も目を丸くして「では、身分や派閥に関係なく席が決まるのではなくて？」と口元を押さえました。

「えぇ。チケットの金額に差があって、同じ金額で定められている席ならばどこでも好きなところに座っても良いのです。フェシュピールを奏でるフェルディナンド様に近い席は金額が高く、離れるほど安くなっていました」

すでに購入した方のお名前は座席表に書きこまれているので、苦手な方と距離を置くのも自分達で考えなければならないという斬新《ざんしん》な席の決め方でした。

「ヘルミーナ様によると、自分の好きな席に座って良いということを示すためにフロレンツィア様は壇から離れた席を取られたそうです。フロレンツィア様のテーブルは同派閥の方ばかりでしたけれど、お隣のテーブルには別の派閥の者も座っていましたし、近くの方々は挨拶やお言葉を交わす機会も多かったように思えました」

わたくしとお母様はチケットを購入するのが少し遅かったため、フロレンツィア様の近くに座ることはできず、ヘルミーナ様のお誘いで彼女の隣を購入しました。ですから、わたくしはヘルミーナ様と一緒に演奏を聴くことができたのです。

「……誰でも好きな席を購入できるのでしたら、前方にヴェローニカ派の貴族が行くこともできるということかしら？」

「今回は演奏してくださるフェルディナンド様が御不快にならないように、エルヴィーラ様が前方にライゼガング系の貴族を配置したのですって」

「フェルディナンド様は本当にヴェローニカ様から疎《うと》まれていらっしゃいましたから、そのような配慮がされていたのでしたら安心ですね」

フェルディナンド様は領主候補生でありながら、貴族院でもヴェローニカ様の命を受けた学生や彼等に同行した側仕え達から心無い行為を受けていたことがあるようです。その様子をご存知のお姉様はエルヴィーラ様の配慮に安心したように微笑みました。

「お茶会の会場に到着すると、側仕え達がチケットを確認して席に案内してくれました。そして、半分を切って持って行ったのです。ほら、ここで切られているでしょう？」

何のために半分を回収したのかわかりませんけれど、何故か半分を切って持っていかれました。

「フェシュピールのお茶会で出されたお菓子はカトルカールやクッキーというローゼマイン様が考案された新しい物で、フロレンツィア派のお茶会でも最近出されるようになったばかりの物でしたよ」

「珍しくておいしいとは伺いましたけれど……」

溜息《ためいき》を吐くお姉様の前にわたくしはフフッと笑いながら包みを取り出しました。

「こちらはお茶の葉が入ったクッキーで、フェルディナンド様が好んでいらっしゃるのですって。演奏が終わった後、今日の思い出にと売り出されたのです。一つ、いかが？」

わたくしは大事に取っておいたクッキーを一枚だけお姉様に差し上げます。

お姉様は興味津々《しんしん》という表情でクッキーを見た後、そっと口に運びました。

「……この甘みはお砂糖かしら？　でも、甘すぎないせいでいくらでも食べられそうだわ」

「サクリとした口当たりやほんのりとした甘みがおいしいでしょう？　何となく手が伸びてしまいますけれど、これはわたくしがお茶会の思い出として大事に、大事に食べている物なのですよ」

わたくしは自分の分もお皿に置くと、すぐにクッキーを片付けました。一日一枚と決めていたのですけれど、もう二枚しか残っていません。

「このクッキーを食べれば、あの時のフェシュピールがまた脳裏《のうり》に蘇ってくるのです。わたくしがこのクッキーを食べるためには大事な儀式があるのですよ」

「まぁ、どんな？」

お姉様が面白がるようにわたくしを見つめてきます。わたくしは文箱からプログラムを取り出しました。表紙にはこれまであまり見たことがないくっきりとした太めの線を使った白と黒の絵でフェシュピールを弾く人物が描かれ、曲目や歌詞が書かれています。お姉様が少し体を寄せるようにして覗《のぞ》き込んできました。

「お姉様、これはプログラムといって、お茶会で演奏された曲目が載っている物です。寄付の目的である印刷業という新しい事業を広く知らせるために作られた物だそうよ。わたくしはいつもこのプログラムで曲目と歌詞を確認して、脳裏にしっかりと演奏会の様子を思い出してからクッキーを食べるのです」

わたくしはプログラムをじっくりと読んで、その後でクッキーを食べます。軽く目を閉じれば、クッキーの甘い味わいと共にあの時のフェシュピールの音が蘇ってきます。

「わたくしが知らない曲ばかりだわ」

「お姉様、作曲者の名前をご覧になって。ローゼマイン様のお名前が書かれているでしょう？」

「ローゼマイン様が作曲で、編曲者がフェルディナンド様とロジーナ……？　ロジーナとはどなたかしら？」

「ローゼマイン様の専属楽師ではないかしら？　多分ローゼマイン様が御自分の楽師に作らせた曲ではないかと思います」

あの幼い方がこれほどたくさんの曲を作られたなんて思えません。専属楽師が作った曲をローゼマイン様の曲ということにしているのでしょう。専属楽師に曲を作らせるのはそれほど珍しいことではありません。

「作曲やお菓子などであまり期待をかけられると、冬のお披露目《ひろめ》でローゼマイン様が大変な思いをすることになると思うのですけれど、ここに載っている曲はどれもとても見事な曲でした。特に、このゲドゥルリーヒに捧げる恋歌は筆《ひっ》舌《ぜつ》に尽くしがたい魅力的な曲なのです」

「フェルディナンド様が恋歌を演奏なさったの？　それはぜひ聴いてみたかったわ。貴族院で練習しているところをこっそりと聴くくらいしかできませんでしたけれど、胸に染み入るような壮麗《そうれい》な演奏でしたもの」

貴族院でフェルディナンド様とご一緒した期間があるお姉様と違って、わたくしは初めてフェルディナンド様のフェシュピールを聴いたのですけれど、本当に芸術の女神キュントズィールの寵愛《ちょうあい》を受けているとしか思えない声の響きでした。

「フェシュピールのお茶会ではお部屋の隅々までフェルディナンド様のお声を響かせるために魔術具がたくさん使われていて、歌がまるで耳元で響くように聞こえたのです。春の女神達が集い、舞い踊るのが目に見えるような心地で、芽吹きの女神ブルーアンファの訪れを感じた方もきっと少なくなかったでしょう」

「えぇ、わかります。王女も愛したフェシュピールですからね」

お姉様がクスクスと笑いながら頷きました。

「曲目が恋歌だったせいか、フェルディナンド様の歌のせいか、お茶会では感激と興奮に気を失う方が後を絶《た》たなかったのです。……ここだけのお話ですけれど、お母様も気を失ったのですよ」

「お母様が？」

「えぇ。派閥を変わるためとはいえ、お金がかかりすぎるでしょう？　お母様は最初あまり乗り気ではなかったのです。けれど、恋歌の最中に……。お母様だけではなく、わたくしも思わずテーブルに突っ伏してしまい、騎士に運ばれそうになりました。急いで体を起こして、大丈夫だと伝えましたけれど」

何人もの方が気を失って騎士団に運び出された様子を伝えると、お姉様は呆《あっ》気《け》にとられたような顔になりました。

「そのような公《おおやけ》の場所で気を失ってしまうなんて……」

淑女《しゅくじょ》としては恥ずべき失態《しったい》です。けれど、あの場に参加した者には失態とは思えませんでした。そうなっても仕方がない、と思える空間でした。

「あの時間は本当に特別だったのです。皆様、テーブルの下で空の魔石を握しめて感情の昂《たか》ぶりを抑えていらっしゃいました。空の魔石に魔力が満ちてしまうような感情の昂ぶりにわたくし自身が驚きましたもの」

何かあった時のために空の魔石は持っていますが、それを使うことなど滅多《めった》にありません。本来は空の魔石を使うことなく、理性で昂ぶりを抑えるものなのです。

「……参加しなかった者に詳しく語れないのも理解できましたわ」

フェシュピールのお茶会はいつもの取り繕《つくろ》った社交の場ではなく、自分の感情が剥《む》き出しになってしまう場でした。参加しなかった方に説明するのが難しいのは、自分の失態を晒《さら》すことにも繋がるからです。あの興奮が楽しかったのだとわかりあえる者同士でなければ、お話は盛り上がりません。

「最後にアウブも駆けつけてくださって、フェルディナンド様とお二人でフェシュピールを演奏されました。アウブの演奏も初めてでしたが、お上手でした。お二人になると音に厚みが出てとても華やかになったのですよ。こちらはよく知られているゼーヒュムネの歌でしたから、皆で歌いました。何とも言えない一体感に包まれた今までにないお茶会でしたわ。また経験できるものならばしてみたいです」

「……わたくしも行きたくなってしまったわ」

ほぅ、とお姉様が羨《うらや》ましそうな溜息を吐きました。

「ふふっ、お姉様には特別にこちらを見せて差し上げます。こちらも参加した者にしか知らせてならない秘密の物で、わたくしの宝物なのですよ」

わたくしは文箱から布の包みを取り出し、丁寧に布を取り外します。

「まぁ！　フェルディナンド様の絵ではありませんか！　一体どうしたというのです？　ヴェローニカ様がお知りになれば、我が家は……あぁ、もういらっしゃらないのですね」

お姉様はフェルディナンド様の絵をじっと見つめて、表情を綻ばせました。フェルディナンド様と貴族院でご一緒した期間があるお姉様がひそかにフェルディナンド様に憧れていらっしゃったことをわたくしは知っています。

……ディッターでの活躍やフェシュピールの巧みさなど、たくさんフェルディナンド様のお話を伺いましたもの。

「こちらは印刷という新しい技術で作られた絵です。素敵でしょう？　美しいでしょう？　眉目秀麗《びもくしゅうれい》なフェルディナンド様がよく表れているでしょう？もうこれを見ているだけで、わたくし、何度でも頭の中であの演奏を思い浮かべることができますもの」

わたくしは汚れや傷が付かないように細心の注意を払いながら、三枚ある絵をテーブルに並べていきます。お部屋に飾れるように額縁を注文したのですけれど、完成するのはずいぶんと先です。それまで大切に保管しておかなければなりません。

「ヘルミーナ様が教えてくださったのですけれど、印刷は全く同じ書類を作ることができる新しい技術なのですって。わたくし、同じ物がたくさんできることがすごいことはわかるのですけれど、寄付を募《つの》ってまで行う価値が最初はよくわからなかったのです」

演奏前にプログラムをヘルミーナ様が購入して見せてくださった時には、同じ内容の文書が必要になれば文官をたくさん集めれば良いだけなのに、と思いました。

「そうね。貴族が減った今の時世では役立つかもしれないけれど、文官が増えれば彼等が行えば良いだけのことですもの。魔力が決して多いとはいえない下級文官の仕事を奪うことになるでしょう？」

わたくしはお姉様と違って下級貴族の仕事にまで気が回りませんでしたが、多額のお金を使って印刷を行う意味がよくわからないという貴族は決して少なくなかったと思われます。

「でも、フェルディナンド様の演奏を聴いた後に売り出されたこの絵を見たら、そんなふうに思えなくなりました。全く同じ物をたくさん作れるというところが何よりも大事なのです。文官にこの絵を全く同じように写せるわけがないでしょう？」

普通は絵を注文すれば仕上がるまでに長い時間がかかりますし、全く同じ絵を同時にたくさんの方に売ることなどできません。そして、同じ絵を皆が共有しているというところが良いのです。思い出の共有が強調されます。

「つまり、これと同じ絵がたくさんあるということですの？」

「えぇ。フェシュピールのお茶会には印刷によって作られた、全く同じ絵がそれぞれ百枚ずつございました。全て売れてしまったようですけれど……」

お姉様は食い入るようにフェルディナンド様の絵を見つめた後、決意した顔でわたくしを見ました。

「クリステル、これを一つ譲ってくださいませ。この絵があればわたくしもお茶会でお話に入れるでしょう」

「それはできません、お姉様」

「三つもあるのですから一つくらい良いではありませんか。わたくしもフェルディナンド様の絵が欲しいのですもの」

　お姉様が貴族院時代のフェルディナンド様に憧れを持っていたことは知っていますし、フェシュピールのお茶会に参加できなかったお姉様が他のお茶会で会話に参加するためにこの絵が大きな武器となることは理解できます。

　けれど、テーブルの上にある三つの絵はどれも違う絵なのです。そして、お母様から額縁ができるまで傷一つ付けずに保管するという約束をして、わたくしが預かっているのです。勝手に譲ることはできませんし、日をぎらつかせて買い漁っていたお母様は我が家から出さないと思います。

「これはお母様から預かっているだけなのです。いくらお姉様でもお譲りすることはできません。一枚につき大銀貨五枚もするのですよ」

「絵具で色が付いているわけでもない絵が大銀貨五枚ですって？　三枚も購入するなど、お父様がよくお許しになりましたね？」

「もちろん叱《しか》られましたよ。いくら何でもたった一度のお茶会にお金を使いすぎだ、と……。でも、派閥を移るための必要経費ですもの、とお母様が丸め込んでいらっしゃいました」

　最初は乗り気ではなかったお母様に対して参加するようにお父様が命じたお茶会だったため、お父様はそれ以上文句を言うことができなかったようです。

「まぁ、そんなふうにおっしゃっても、お母様は気を失うほど感情を昂らせていらっしゃったのでしょう？」

「あら、そのような失態は絶対に秘密ですよ、お姉様。わたくしの大事なクッキーを差し上げたでしょう？　あれはフェシュピールのお茶会以外では売られていないのですよ」

　お姉様が呆れと感心を混ぜたような息を吐いた時、オルドナンツが飛び込んできました。

「どなたかしら？」

　オルドナンツは部屋を一回りして、わたくしの前に降り立ちます。

「クリステル様、ヘルミーナです。エルヴィーラ様の主催で、十日後にフェシュピールのお茶会の感想を話し合うためのお茶会が開かれます。フェルディナンド様の絵を全て購入された方をお招きするとエルヴィーラ様がおっしゃいました。ぜひ楽しくお話しいたしましょう」

　ヘルミーナ様の弾んだ声で三回、お茶会についてのお話が繰り返されました。役目を終えたオルドナンツが黄色の魔石になってコロリと転がります。

「全ての絵を買ったことでエルヴィーラ様のお茶会に招待ですって？……もうお父様はお母様を叱ることなどできないでしょうね」

　開いた口が塞がらないような顔でそう言ったお姉様に、わたくしは無言で何度か首を縦に振りました。

「お姉様、わたくし、エルヴィーラ様達にお願いしてみます。もう一度フェシュピールのお茶会を開くことができないか……」

「クリステル、わたくしは旦那様の許可がなければ参加できませんから、絵の販売だけでも行ってほしいとお願いしてみてくださいませ」

　姉妹二人だけで盛り上がったお茶会の十日後、わたくしとお母様はエルヴィーラ様のお茶会へ行きました。フェシュピールの感想を言い合うというよりはフェルディナンド様を称《たた》える会のようでしたが、ここぞとばかりに感情を昂らせて思い出に浸る時間は何物にも代えがたい楽しい時間でした。そんな楽しい時間に「ぜひもう一度フェシュピールのお茶会を」という声が上がるのは自然な流れだったでしょう。

　けれど、エルヴィーラ様は悲しそうに表情を曇らせて、わたくし達を見回しました。

「わたくしにとっても非常に残念なことですけれど、フェシュピールの演奏を聴くことも、フェルディナンド様の絵を再び売ることもできません」

　一度きりというお約束でフェルディナンド様にご協力いただいたので二度目は難しいこと、フェルディナンド様の絵が売られていたことがアウブによって御本人に知られてしまったこと、印刷をしたローゼマイン様は二度と絵を売らないようにフェルディナンド様から厳しく叱られたことがエルヴィーラ様から報告されました。

　……何ということでしょう。印刷の素晴らしさを知らせた直後に、たくさんの寄付をしたわたくし達を絶望に突き落とすようなことをなさるなんて！

　わたくし、アウブ・エーレンフェストへの不満を消すことはどうしてもできなそうです。

焦る気持ち

（「小説家になろう」SS置き場・トゥーリ視点）


「トゥーリ、もうそろそろ終わりにしたら？」

「ここだけ終わったら寝るよ」

　寝る支度をした母さんに言われて、わたしは返事をしながら急いで、でも、できるだけ綺麗に一枚の花弁を編みあげた。糸を切って、丁寧に最後の処理をしてかぎ針を置くと、できあがったばかりの赤い花弁を見ながら、ぐっと大きく体を逸らして、「ん～」と大きく伸びをする。

「ダプラ見習いになってから、ずいぶん忙しくなったわね」

「全部マインのせいだよ」

　道具箱にかぎ針を片付けて、わたしはむぅっと唇を尖らせた。わたしがダプラ見習いとしてギルベルタ商会で働くようになった頃から、コリンナ様やオットー様が次々とお貴族様から花の飾りの注文を取ってくるようになった。お貴族様の星祭りでマインが何かしたらしくて、一気にお客様が増えた。ブリギッテ様の新しい衣装が大当たりだったのかと思ったけれど、新しい衣装の注文はそれほどない。花の飾りばっかりなのだ。

　おかげで、髪飾りを作るわたしは大忙しだ。もちろん、工房にはわたしの他にも花を作る人はいるけれど、一番種類が多く作れて慣れているのはわたしだから、どうしてもわたしに集中する。

　実は、マインがくれる絵本や手紙の中には「こんな編み方もあるけれど、髪飾りに使える？」というような一文と編み方の記号が書かれているものがある。他の皆はその記号を知らないので、最初に作るのは当然わたしになる。マインが教えてくれた編み方を自分で覚えて、新しい花が作れるかどうか試してみてから皆に教えるので、わたしはいつの間にか工房で教える立場になっていた。

　せっかくダプラ契約をしたのだから、工房で重用されるのは嬉しいのだけど、髪飾りを作るばかりで、あまり針子の腕が上がっていない気がする。

「わたしはマインの服を作るって約束したんだよ。それなのに、作るのは髪飾りばっかり……。もっと衣装を作る仕事もしたいよ」

「でも、行儀作法をもっと勉強すれば、お貴族様のお屋敷に連れて行ってくれることになっているんでしょう？」

「それはそうだけど……」

　わたしはハァと溜息を吐いた。行儀作法は難しい。どこがどう違うのか、自分では全くわからないのだ。そんな自分の状況を思うと、ルッツの立ち居振る舞いが格段に良くなっていることが羨ましくて仕方がない。ルッツもマインに振り回されている仲間なのに、ルッツだけが確実にお貴族様に近付いている。

　今年は夏の半ばから冬支度が始まるくらいの時期まで、ルッツはイルクナーという遠く離れた土地へ行っていた。新しい紙を作る仕事をするんだ、って言って。

　そのイルクナーに偉いお貴族様が来るということで、皆で立ち居振る舞いの練習をしたのだそうだ。貴族に仕えていた灰色神官が先生役で、ルッツも一緒に練習していたらしい。わたしは髪飾りが忙しいし、先生役がいないので、ルッツがちょっとずるいと思う。

「じゃあ、トゥーリはルッツに教えてもらえばいいでしょ？」

「……ルッツも忙しいんだよ。それもマインのせいなんだけど」

　新しい紙の研究をするために、イルクナーから色々な材料を持ち帰ったようで、ルッツは今インク工房や木工工房を走り回っている。

「カミルはいいね。マインからもらうのが、お仕事じゃなくて、玩具だもん」

　木工工房にマインが注文していたという玩具を、この間ルッツが持ってきて、カミルに渡していた。薄い木の板で作られた箱に色々な形の穴が開いていて、その穴の形と同じ形の積木を入れて遊ぶおもちゃらしい。まだ丸しかうまく合わせられないけれど、カミルは夢中で遊んでいる。

　おもちゃを持って来てくれるルッツにすごく懐いているから、このまま成長したらルッツの紹介でプランタン商会の見習いになるかもしれない。

「ねぇ、母さん。カミルもマインに振り回される一生を送ることになるんじゃない？」

「そうかもしれないけれど、選ぶのはカミルよ。トゥーリだって好きでやってるんでしょ？……それ、マインの冬の髪飾りじゃないの？」

　母さんがテーブルの上の赤い花弁を指差した。図星をさされたわたしは、ちょっと言葉に詰まりながら花弁を摘み上げる。

「……マインは季節が変わろうとしているのに、髪飾りの注文をしないんだもん。こっちから作って持って行かなきゃダメでしょ？　領主様の娘になったのに毎年同じ飾りを付けるなんて恥ずかしいじゃない。わたしはマインが恥をかかないように……」

「久し振りに会いたいって素直に言えばいいのに……」

そう言って母さんがクスクスと笑う。わたしは少し頬《ほほ》を膨《ふく》らませた。

……マインも忙しくてなかなか会えないから、何となく最近は会いたいって素直に言えなくなっちゃったんだよ。

もしかしたら、わたしばっかり会いたいと思ってるのかな？　とか、新しくできたお貴族様の家族の方が大好きになっちゃったのかな？　とか色々と考えて落ち込んでしまうのだ。

わたしは作りかけの髪飾りと一緒にそんな不安を片付けながら、母さんにはちょっと笑って肩を竦めてみせる。

「わたしはマインが早く元気になってくれればいいよ。お薬の材料は全部集まったんだって。ルッツが言ってた」

「そう、マインが元気になれるの……」

母さんがそう言って、嬉しそうな寂しそうな複雑な表情で笑う。その気持ちがわたしにはよくわかった。

マインが元気になるのは嬉しいけれど、もっと遠くに行ってしまうような気がするのだ。虚弱《きょじゃく》でいつも倒れていた、わたし達が知っているマインからどんどん遠ざかっていくような、置いていかれるような気がしてしまう。

……なるべく早く一流のお針子になるから、あんまり先に行かないで、マイン。

わたしは赤い花弁をそっと撫《な》でた。

側近生活の始まり

（書き下ろし）

「ブリュンヒルデ様、ローゼマイン姫様より側近の打診がございました。姫様は神殿育ちの上、二年間にわたる長い静養のため、普通の貴族として不足する部分がたくさんあります。それを補わなければならない側近は大変なお仕事になるでしょう。それを踏まえた上で、姫様の側仕え見習いとしてお仕えしていただけますか？」

筆頭側仕えのリヒャルダを通して、わたくしが側近の打診を受けたのは、ローゼマイン様が入寮された当日のことでした。リーゼレータにたしなめられたくらいです。新入生を歓迎する場でローゼマイン様に主張しすぎたのではないか、と少し心配になっていたので、この打診に胸を撫で下ろしました。

「わたくし、ローゼマイン様の目覚めを待っていたのです。お父様はお仕えするならばローゼマイン様に、とおっしゃいましたから」

「まぁ、ギーベ・グレッシェルらしいお言葉ですこと」

ヴェローニカ様に押さえ込まれていたライゼガング系の貴族は、自分達の派閥で後援する領主候補生をローゼマイン様に決めました。ギーベ・グレッシェルの娘であるわたくしはライゼガング系の貴族と関係が深く、領主の養女となったカルステッド様とエルヴィーラ様のお嬢様であるローゼマイン様を盛り立てるように命じられています。

また、突然ローゼマイン様との養子縁組を決めたアウブの思惑や、ライゼガング系の貴族やボニファティウス様の親族ではなく、アウブの側近だったリヒャルダが筆頭側仕えとして付けられた裏を探るようにも頼まれました。

……お父様方にはお父様方の思惑があるのでしょうけれど……。

そのような裏側を探るのは情報収集を得意とするハルトムート様を始めとするライゼガング系の文官見習いにお任せしておけばいいことでしょう。わたくしはローゼマイン様とできるだけお近付きになり、髪飾りや新しいレシピなどを中央に向けて発信したいのです。

……やっと流行発信の許可が出たのですもの。短い貴族院の期間に余計なことに割く時間はありません。

「喜んで承《うけたまわ》ります、リヒャルダ様」

「これからは同じ主に仕える側近同士です。わたくしのことはリヒャルダと呼んでください、ブリュンヒルデ」

側近の部屋は領主候補生の部屋の向かいに集まっているため、わたくしも指定された部屋へ移動するように命じられました。

「造りは上級貴族の部屋と同じですね」

領主候補生の側近に取り立てられる者は上級貴族が多いため、寮内の部屋は上級貴族の部屋に合わせてあるようです。側近に取り立てられた中級貴族は部屋が広くなり、家具が豪華になるのでしょうけれど、わたくしは特に変わりません。部屋を見回していると、アンゲリカが呼びに来ました。

「荷物の移動は下働きと自分の側仕えに任せ、ローゼマイン様にご挨拶をお願いします」

「わかりました」

側仕えに後の指示を出してから自室を出ると、ローゼマイン様の部屋の前に新しい側近が集まっているのが見えました。アンゲリカと話をしているのはリーゼレータ。四年生の中級側仕え見習いで、丁寧でそつのない仕事をすると年《とし》嵩《かさ》の側仕え達の間では評価が高いそうです。彼女はローゼマイン様に恩を感じ、お仕えしたいと願っていたと聞きました。

……お母様がフロレンツィア様の側仕えで、姉のアンゲリカがローゼマイン様の護衛騎士見習いですもの。派閥的に警戒する必要は全くありませんね。

アンゲリカの隣で二人の会話に菫《すみれ》色の目を輝かせているのは、二年生のユーディット。キルンベルガの国境門を守る騎士の娘です。その年の割によく鍛えられているとか、アンゲリカに憧れてローゼマイン様の側近入りを目指しているなどの話を聞いたことがあります。

……キルンベルガは旧ヴェローニカ派と少し距離がありましたから、それほどの警戒は必要ないでしょう。

「フィリーネ、貴女も取り立てられたのですね？　わたくし、一緒にお仕えできるようになって嬉しいです」

「ずっとローゼマイン様のためにフィリーネはお話を書いていたもの。よかったと思います」

ユーディットに明るく声をかけられ、リーゼレータに優しく手招きされて、おずおずと近付いていくのは下級文官見習いで一年生のフィリーネです。子供部屋では「側近に取り立てるとは決まっていない」とおっしゃいましたが、ローゼマイン様は周囲の心配を余所《よそ》に強行されたのでしょうか。

……ダームエルといい、フィリーネといい、ローゼマイン様は身分に関係なく、自分の好む者を側近に取り立てる方のようですね。

もちろん誰を取り立てるのもローゼマイン様の自由ですが、領主一族の側近を狙う者はたくさんいます。下級貴族が取り立てられたことを不快に思う者は多いでしょう。側近仲間としてわたくし達も相当気を配らなければ、周囲からのやっかみで幼くて身分の低いフィリーネは潰れてしまうかもしれません。

……それにしても、ローゼマイン様はライゼガングの希望の光、なのですよね？

目に入った新しい側近の中にライゼガング系貴族の顔が見えません。護衛騎士見習いに実兄のコルネリウスがいるのですから、全くいないわけではないのですが。何だかライゼガング系貴族と少し距離を取るような側近の選択に思えるのは穿《うが》ちすぎでしょうか。

「あら、わたくし、遅れてしまったかしら？」

背後から聞こえた声に振り返ると、四年生のレオノーレが騎士らしいきびきびとした動きで近付いてくるところでした。わたくしはよく見知ったライゼガングの貴族を見つけて胸を撫で下ろしました。あまりにもライゼガング系貴族の顔が見えなくて不安に思っていましたが、そうでもなかったようです。

「レオノーレも側近になったのですね」

「えぇ。これからは側近同士、今まで以上に仲良くしましょう」

親戚の集まりでは年が近いため、一緒に過ごすことが多いレオノーレが護衛騎士見習いに就いたことが、わたくしは嬉しくてたまりませんでした。

「ローゼマイン様、側近を通してよいでしょうか？」

アンゲリカが扉を開けて声をかけると、部屋の中から「えぇ、通してちょうだい」というローゼマイン様の声が聞こえてきました。わたくし達は身分順に並んでアンゲリカに続きます。

……なんて広いお部屋でしょう！

領主一族の私室に入るのは初めてですが、わたくしはあまりの広さに驚きました。とても個人の部屋だとは思えません。

入ってすぐの左手には同じ形の椅子が並んでいます。お茶会時の来客数に合

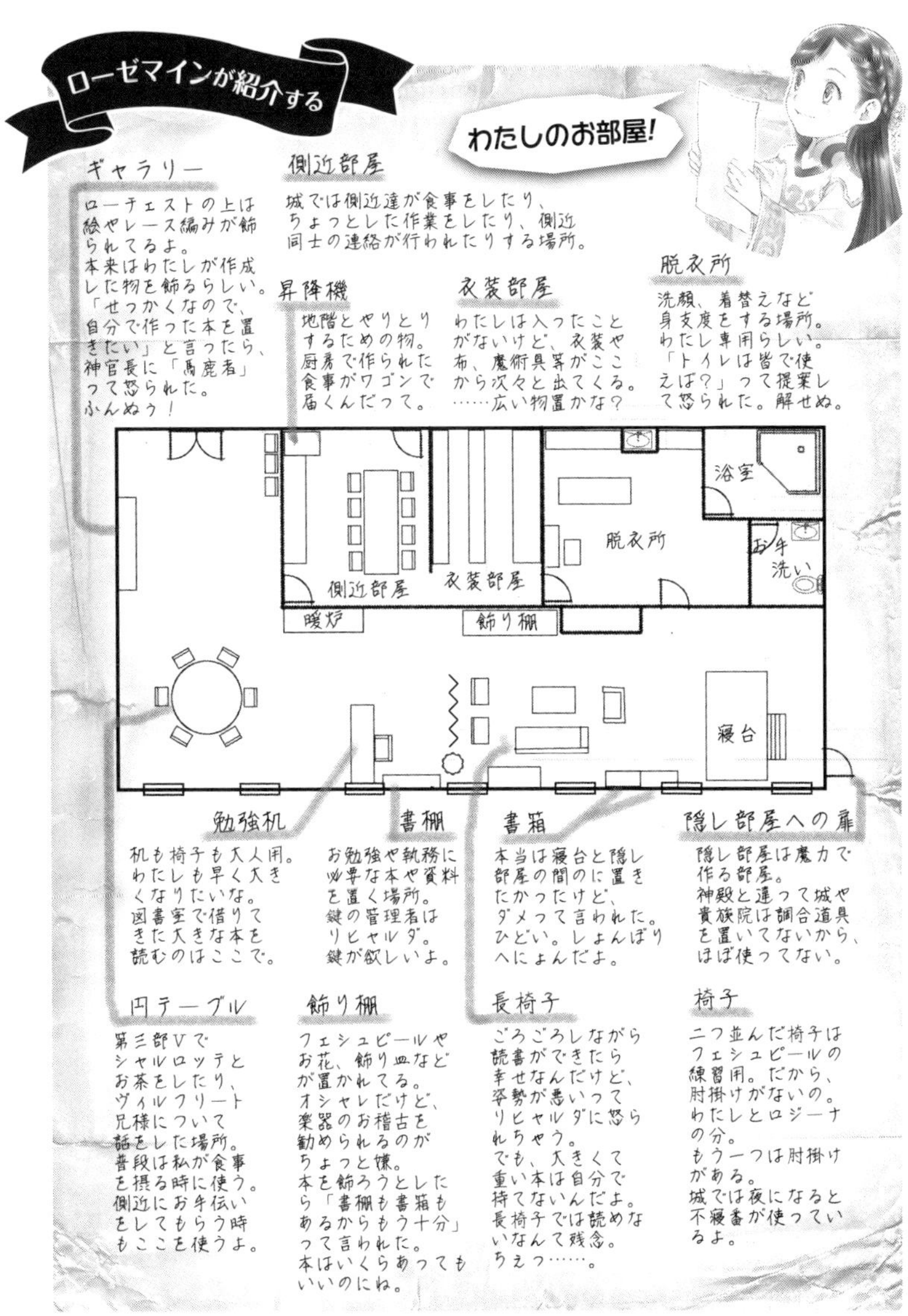
ローゼマインが紹介する
わたしのお部屋!
ギャラリー
ローチェストの上は絵やレース編みが飾られてるよ。
本来はわたしが作成した物を飾るらしい。
「せっかくなので、自分で作った本を置きたい」と言ったら、神官長に「馬鹿者」って怒られた。
ふんぬぅ!
側近部屋
城では側近達が食事をしたり、ちょっとした作業をしたり、側近同士の連絡が行われたりする場所。
昇降機
地階とやりとりするための物。厨房で作られた食事がワゴンで届くんだって。
衣装部屋
わたしは入ったことがないけど、衣装や布、魔術具等がここから次々と出てくる。
……広い物置かな?
脱衣所
洗顔、着替えなど身支度をする場所。わたし専用らしい。
「トイレは皆で使えば?」って提案して怒られた。解せぬ。
浴室
脱衣所
お手洗い
側近部屋
衣装部屋
暖炉
飾り棚
寝台
勉強机
机も椅子も大人用。わたしも早く大きくなりたいな。
図書室で借りてきた大きな本を読むのはここで。
書棚
お勉強や執務に必要な本や資料を置く場所。
鍵の管理者はリヒャルダ。
鍵が欲しいよ。
書箱
本当は寝台と隠し部屋の間のに置きたかったけど、ダメって言われた。
ひどい。しょんぼりへにょんだよ。
隠し部屋への扉
隠し部屋は魔力で作る部屋。
神殿と違って城や貴族院は調合道具を置いてないから、ほぼ使ってない。
円テーブル
第三部Ⅴでシャルロッテとお茶をしたり、ヴィルフリート兄様について話をした場所。
普段は私が食事を摂る時に使う。
側近にお手伝いをしてもらう時もここを使うよ。
飾り棚
フェシュピールやお花、飾り皿などが置かれてる。
オシャレだけど、楽器のお稽古を勧められるのがちょっと嫌。
本を飾ろうとしたら「書棚も書箱もあるからもう十分」って言われた。
本はいくらあってもいいのにね。
長椅子
ごろごろしながら読書ができたら幸せなんだけど、姿勢が悪いってリヒャルダに怒られちゃう。
でも、大きくて重い本は自分で持てないんだよ。
長椅子では読めないなんて残念。
ちぇっ……。
椅子
二つ並んだ椅子はフェシュピールの練習用。だから、肘掛けがないの。
わたしとロジーナの分。
もう一つは肘掛けがある。
城では夜になると不寝番が使っているよ。

わせて調整するための物でしょう。そして、右手の壁には絵や刺繍の作品が飾られています。これは間違いなくローゼマイン様の手による作品だと思われます。どうやらローゼマイン様は、二年前のお披露目で奉納された音楽だけではなく、絵画や刺繍も得意なようです。祝福まで溢れた音楽を思い出しながら、わたくしはそっと溜息を吐きました。

……長い眠りにつかなければ、どれだけの成長を見せてくださったのでしょう。本当に惜しいこと。

ローゼマイン様は真っ直ぐに歩いたところにある円テーブルからこちらを見ています。貴族院へ入学するとは思えない幼い姿に、初めて冬の子供部屋でご挨拶した時を思い出しました。あの頃とあまり変わっていません。

高さを調節するクッションが置かれた椅子に座り、床に足が全く届いていない稚《いとけな》い姿を見れば、襲撃犯を詰《なじ》りたい気分になります。ローゼマイン様御自身も大変でしょうけれど、主が不便なく貴族院で生活できるように準備を整えなければならない側仕えも大変な仕事になるでしょう。

……もちろん、わたくしは全てこなしてみせます。

そんな決意を胸に、わたくしはギーベ・グレッシェルの娘としてできるだけ美しく見えるようにローゼマイン様の前に跪《ひざまず》きました。

「ローゼマイン様、お引き立てくださり、大変嬉しく存じます。流行の発信については、ぜひわたくしにお任せくださいませ」

「えぇ。ブリュンヒルデには社交に関することをお願いするつもりです」

流行などの情報収集をしていた実績を認められ、他領との社交を任されました。今までの自分の行いが認められ、自分の希望の仕事を手にしたことが嬉しくて、わたくしは唇が勝手に笑みの形になることを抑えるのが大変です。

どのようにエーレンフェストの流行を広めていけばいいのか、と考えている内にリーゼレータが挨拶を終えました。

「姫様、側仕え見習いの二人には、わたくしがこの部屋での仕事について教えます」

挨拶を終えると早速お仕事の説明のようです。リヒャルダが奥へ歩いていきました。

「では、ローゼマイン様のお部屋と側仕え見習いの仕事について説明いたしますね。貴族院のお部屋の構造は城と同じです。家具は備え付けられた物を代々の領主候補生が使用するので、お部屋の雰囲気は違いますけれど」

家具のほとんどが備え付けられているのは、わたくし達の部屋と同じようです。よく見れば、ずいぶんと年季の入った家具です。

左手には暖炉が、右手には勉強用の机と書棚があります。植物と衝立《ついたて》で少し隠された向こうには、私的な空間がありました。フェシュピールのお稽古をするための椅子、寛《くつろ》ぐための長椅子、飾り棚などが配置されています。その奥には小さなローゼマイン様が何人眠れるのか、と思うほど大きな寝台が見えています。

……奥に行くほど私的な空間になるのですね。

ならば、今ローゼマイン様がいらっしゃる円テーブルと揃いの椅子は寛ぐための場所ではなく、お部屋の中で最も公的な場所ということになります。わたくしは少し後ろを振り返りました。

「リヒャルダ、他領の者が寮に入れないため、貴族院にはお茶会室があると思っていたのですが、領主候補生の自室でお茶会をすることがあるのですか？」

「来年、シャルロッテ様が入学されれば、こちらでお茶会をすることもあるでしょう。お二人はとても仲がいいのですよ」

　ローゼマイン様はシャルロッテ様が洗礼式を行った夜に襲撃を受けて二年間の眠りにつき、目覚めたのは秋の終わりだったと聞いています。一体いつ親睦《しんぼく》を深める時間があったのでしょうか。今年の子供部屋にはローゼマイン様がほとんどいらっしゃらなかったので、わたくしはお二人が一緒にいる姿をほとんど見ていません。

「それから、円テーブルの用途ですが、貴族院ではローゼマイン様と側近達の間で日常の報告をしたり、側近が講義の課題を手伝ったり、ローゼマイン様が主導で行うお茶会の準備について話し合ったりする時などに使用します。男性側近を交えて相談する時は一階の会議室を使います」

「貴族院では、ということは城ではまた別の用途があるのでしょうか？」

「それは城に戻ってからで十分でしょう」

　確かに今すぐに必要なことではありません。後回しでいいでしょう。わたくしが後進の者に仕事を教える時にも「今すぐに必要なこと」から順に教えて行くことを心に留めておこうと頷いていると、リーゼレータが首を傾げています。

「どうかして、リーゼレータ？」

「……あの、書箱が長椅子の側にあるのですが、置き場所を間違っているのではないでしょうか？　普通は勉強机の近くに配置すると思うのですが……」

　リーゼレータの発言によく見てみると、寝台と長椅子の間に書箱が二つも並んでいます。赤やピンクの可愛らしい色合いで統一された寛ぎの空間には少し不釣り合いで無骨な感じの書箱です。

　リヒャルダはちらりとローゼマイン様に視線を向けた後、「場所を間違っているわけではございません」と困ったような息を吐きました。

「姫様は本がなければ寛げないそうです。自由時間は基本的に読書をしています。本を読み始めると周囲が全く見えなくなるため、書箱と書棚の鍵はわたくしが管理していて、七の鐘が鳴ると本を片付けて施錠《せじょう》します。ローゼマイン様は読書をしているとお休みになりませんから」

　読書をするように推奨《すいしょう》される領主候補生の話は耳にしたことがありますが、読書を制限される領主候補生の話は初めてです。リヒャルダの物言いから察するところ、生活に影響を及ぼすくらいに本が好きなことがわかります。

　……そういえば、子供部屋でも分厚い本を楽しそうに捲っていましたね。

　皆が勉強する時間なので、御自分の勉強は終えていても周囲に合わせるために勉強しているように見せていたのかと思っていましたが、元々読書がお好きなようです。

「あちらの寝台の奥にある扉は隠し部屋の扉です。わたくし達が入るのは、掃除を頼まれて招かれた時だけです」

　頷きながら、わたくしは寝台を見上げました。寝台自体は古いですが、厚みのある天幕がかかっていて、中に整えられている寝具は美しい刺繍がされた物です。上級貴族が使っている物より上質であることが一目でわかりました。

「こちらは脱衣所です。こちらがお手洗い、あちらが浴室に通じる扉になっています。洗面台に置かれている緑の魔石の水差しは地階の水瓶に直結しています。こちらの緑の魔石で浴槽に水を入れ、青の魔石で温めます。浴室専用の魔術具です」

「わたくしは講義で習いましたが、ブリュンヒルデは今年から三年生ですから、まだ……」

「いいえ、問題ございません。それらの魔術具は我が家にもありますから、使用方法は知っています」

　広さに差はありますが、脱衣所などの使い方は我が家とほぼ同じです。浴室やお手洗いの使い方は、家族で共有しているリーゼレータの方が慣れるまでに時間がかかるかもしれません。

「浴室内で使用する物はこの籠にまとめられています。お湯の準備をした後で移動させるようにしてください」

　ローゼマイン様が考案者だと耳にしましたが、わたくしが知らない香りのリンシャンがありました。ローゼマイン様のために作られた物でしょう。自分が流行の最先端に触れていることに胸を高鳴らせながら、マッサージ用のオイルや洗濯籠などの位置を確認します。

「洗濯物はこちらの青い札が付いた籠に入れておいてくださいませ。朝の着替えが終わったら、ワゴンの昇降機で地階の下働きの者達に引き渡します。着替えなどはこちらの衣装部屋です」

衣装部屋は奥までいくつもの棚が並んだ部屋でした。下着類、上着類、靴、装飾品の他に衣装を修復するための布なども置かれています。

「貴族院服、騎獣《きじゅう》服などの講義で使用する衣装はこちらに並んでいます。部屋着はこちらです。万が一のために社交用の晴れ着も準備はしています。寝具の類はこちらで、裁縫道具やアイロンなどの道具類がこの戸棚にあります。掃除に使う魔術具はこの棚に並んでいます。お風呂のお手伝いなど水仕事を行う時はこちらのエプロンを使ってください」

仕事に必要な道具も衣装部屋に片付けられているようです。主が使う物と側仕えの仕事に必要な物で分けられているので、置き場所が全くわからないということはなさそうです。

「これらの道具の置き場所は、わたくしが仕事をしやすいように城のお部屋も同じようになっています。使った物は必ず元の位置に戻してくださいませ」

リヒャルダはそう言いながら衣装部屋から繋がっている部屋に入ります。大きなテーブルが一番に目に入りました。

「ここは側近部屋です。主の目に触れさせたくない作業や側近同士での相談や連絡を行う場所です。棚には主に出すお茶やお菓子などが茶器と一緒に準備されています。ちょっとした繕《つくろ》い物や休憩などはこちらのテーブルで行ってくださいませ」

そう言った後、リヒャルダは戸棚を開けてお茶を淹れる道具やローゼマイン様のお好みの茶葉を見せながら説明してくれました。

……ローゼマイン様はティーフガフトとエルゲイを2：1の割合で合わせるのがお好みで、ミルクはグラウヴァーシュをたっぷりと……。

「お茶を運ぶためのワゴンはこちらです。これは昇降機で、地階の下働きと物をやり取りする時に使う物です。洗濯物は青い札の籠に入れて、ここに魔力を注いで下へ送ると六の鐘までには洗濯を終えて返してくれます。お湯を沸かしたい時はこちらの札を地階へ送ってください。お湯が沸いたら札が戻されますから、こちらの青の魔石が付いた水差しでお茶を淹れます。お菓子が必要な時はこの札です」

形や色が違う札を次々と見せながら昇降機の使い方を教えた後、リヒャルダは鍵のかかっている戸棚を開けました。

「ここには姫様のお薬が入っています。わたくしがフェルディナンド坊ちゃまから管理を任されているので、姫様の具合が悪そうな時はわたくしに声をかけてください。こちらは姫様に仕えることになった時に渡された注意書きです。後で目を通しておいてくださいませ」

「かしこまりました」

リヒャルダに渡された注意書きにざっと目を通したところ、読書時間制限や適切な運動量について木札いっぱいに書かれているではありませんか。あまりの細かさに驚いていると、リーゼレータが少し木札を覗き込んで微笑みました。

「わたくしはお姉様からローゼマイン様の虚弱さを少し伺っているので、ブリュンヒルデが先に読んでくださいませ。お茶会の時間にも制限がありますから……」

「社交のために他領との話し合いが始まるまでに覚えなければなりませんね」

薬の入った箱もずいぶんと大きいです。余分も準備されているのでしょうけれど、多すぎるのではないでしょうか。わたくしは貴族院へ向かうために準備した自分の薬の類いを思い出して、ローゼマイン様のお体の弱さを実感しました。

「側仕え見習いは一の鐘で起床し、身支度を調えます。二の鐘で朝食が始まりますから、それまでに姫様のお支度を調えなければなりません。まずは魔術具で軽く部屋を掃除します。それが終わる頃には護衛騎士達が側近部屋に集合しているはずなので、講義や護衛の分担について確認し合います。その後、姫様を起こします」

ローゼマイン様は側仕えに呼ばれるまで寝台から出ないように言われていても、どうしても読みたい本がある時は勉強机の引き出しに隠したり、寝台に予め入れておいたりして、朝日を頼りに勉強机で読んでいることもあるそうです。

……どれだけ本がお好きなのでしょう？

リヒャルダの語る仕事上の困った話は、本と体の弱さに関することしかありません。

「朝のお支度の流れは貴族女性ならば皆ほぼ同じなのでわかるでしょう？　お支度が調《ととの》ったら朝食です。城では下げ渡しですが、貴族院では食堂で主と一緒に食べます。ですから、わたくしが籠を片付けるように言ったら、速やかに脱衣所から衣装部屋を通って側近部屋に移動し、片付けてください。そのまま側近部屋の扉から自室へ戻り、自分達の側仕えを伴って扉の前に集合です」

ローゼマイン様とリヒャルダが鏡を確認し、お部屋を出てくるまでの間に食堂へ向かう準備を整えておかなければならないようです。優雅にこなすためには自分の側仕えとも打ち合わせが必要になります。

「朝食後は講義へ向かう準備を整えて多目的ホールへ移動します。この時間に姫様に読書を始められると、講義に連れ出すのが大変です。多目的ホールで他の学生と交流ができるように気を配ってください。姫様はお体が弱く、二年の不在があるため、他者との交流が圧倒的に少ないですから」

「確かに他領との社交の前に、エーレンフェストの学生との交流も必要ですね」

現在の一年生、二年生、三年生だけは子供部屋で一冬を一緒に過ごしましたが、上級生が一緒に過ごした時間は貴族院への出発前と戻ってからを合わせても十日程度でしょう。

「ブリュンヒルデ、何よりもまず側近に馴染むところから始める必要がありませんか？　ローゼマイン様にとってはほとんどが新しい顔ぶれですもの。馴染むまではお部屋で寛ぐことも難しいでしょう」

リーゼレータの言葉に、わたくしは共感を込めて頷きました。わたくしも側仕えが変わると、しばらくはお互いに様子を探り合ったり、息が合わずに気持ちが波立つことがあったりして自室にいても寛げないことがあります。そんな時は隠し部屋で気を落ち着けるのですが、籠もってばかりではいつまで経っても慣れません。

ローゼマイン様は取り囲む側近の人数が違うので、わたくしの場合より尚更落ち着かないでしょう。ローゼマイン様の側近を思い浮かべました。貴族院へ移動する前からお仕えしているのは、リヒャルダ、コルネリウス、アンゲリカの三人だけです。

「リーゼレータはアンゲリカの妹で顔立ちがよく似ています。わたくしよりローゼマイン様が馴染むのも早いと思います。しばらくの間、素肌に触れるお仕事はリヒャルダとリーゼレータにこなしていただき、わたくしは小物の準備や後片付けなどを優先的にするのはどうかしら？」

「わかりました。ブリュンヒルデはローゼマイン様に社交を任されていたので、そちらを優先的に行ってくださいませ。中級貴族であるわたくしより、上級貴族であるブリュンヒルデの方が上手く活躍できると思います」

リーゼレータとの間で内向きと外向きの仕事の分担を決めていると、リヒャルダがパンパンと手を叩きました。

「上手く分担できるくらいに気が合っているようで何よりですけれど、こちらの説明が先ですよ。二人とも講義から戻ったら側仕えのお仕着せに着替えてくださいね。それから、ローゼマイン様も部屋着に着替えさせます。その後は夕食まで貴女達も自由時間です」

自由時間とはいっても、講義終了から夕食まではほとんど時間はないでしょう。

「食後はお風呂の準備をし、お風呂の手伝いと寝台の準備に分かれます。そうそう、姫様はマッサージ用のオイルを気分によって変えるので必ず入浴前に質問してくださいね。お風呂から出た後は、一人がマッサージ、もう一人は浴室の片付けとお茶の準備です。ローゼマイン様のお風呂が終わったら見習いは解散して構いません」

お風呂を終えると、ローゼマイン様はお茶を飲んだり、読書をしたり、翌日の講義の予習をしたりして就寝時間まで過ごすことになるそうです。

「見習い期間は終えているはずなので、貴女達の自由時間の過ごし方や就寝時間については厳しく言いませんが、翌日に差し障りのない時間には就寝するようにしてください」

「はい、わかっています」

「……と、城でのローゼマイン様の生活を見ていたリヒャルダから一日の流れを説明されましたけれど……」

わたくしがカップを手にしてリーゼレータを見ると、リーゼレータが下げ渡されたクッキーを手にしてクスと笑いました。

「実際はとてもこの通りに進みませんよね？　城ではまた違うのかしら？」

「図書館のために奮闘する必要がありませんもの。ずいぶんと違うでしょう」

成績向上委員会の活動とヴィルフリート様のお言葉によって奮起したローゼマイン様が側仕えの起床より早くから起きて問題集を作っていたり、フェルディナンド様の注意書きをよく読む前に音楽の先生方とのお茶会予定が入ったり、もうめちゃくちゃです。日々、側仕えとしての能力が上がっている気がするほど振り回されています。

「ローゼマイン様、そろそろ講義を終えられるのですよね？　あの集中力には本当に驚かされます」

「えぇ。図書館に同行する側近が必要ですから、わたくし達もずいぶんと急かされている気分になりますね」

ローゼマイン様がフィリーネと円テーブルで参考書作りに励んでいる間、わたくしは側近部屋でリーゼレータと束の間の休息を得て、お茶を飲みながら小さく笑い合いました。

貴族院はまだ始まったばかりです。

本好きの下剋上
ドラマCDアフレコレポート漫画

作: 鈴華

ご利用されるお客様へ

※本項目には原作小説「本好きの下剋上　第三部」までの内容が含まれております。
閲覧される読者様によってはネタバレとなりますのでご注意ください。

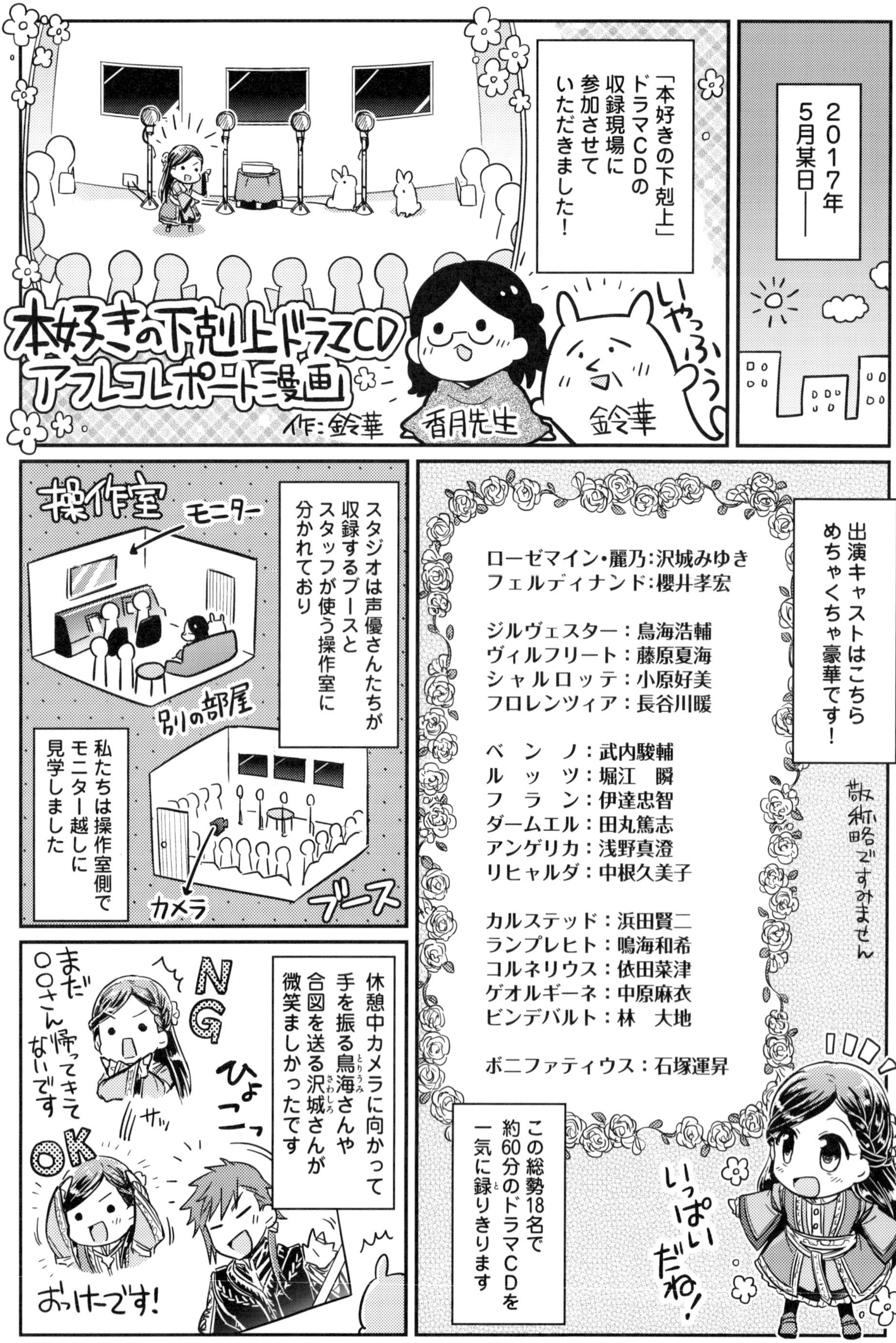

2017年
5月某日——
「本好きの下剋上」ドラマCDの収録現場に参加させていただきました！
本好きの下剋上ドラマCD
アフレコレポート漫画
作：鈴華
香月先生
鈴華
いやっふぅ
出演キャストはこちら めちゃくちゃ豪華です！
ローゼマイン・麗乃：沢城みゆき
フェルディナンド：櫻井孝宏
ジルヴェスター：鳥海浩輔
ヴィルフリート：藤原夏海
シャルロッテ：小原好美
フロレンツィア：長谷川暖
ベンノ：武内駿輔
ルッツ：堀江　瞬
フラン：伊達忠智
ダームエル：田丸篤志
アンゲリカ：浅野真澄
リヒャルダ：中根久美子
カルステッド：浜田賢二
ランプレヒト：鳴海和希
コルネリウス：依田菜津
ゲオルギーネ：中原麻衣
ビンデバルト：林　大地
ボニファティウス：石塚運昇
敬称略ですみません
この総勢18名で約60分のドラマCDを一気に録《と》りきります
いっぱいだね！
スタジオは声優さんたちが収録するブースとスタッフが使う操作室に分かれており
操作室
モニター
別の部屋
ブース
カメラ
私たちは操作室側でモニター越しに見学しました
休憩中カメラに向かって手を振る鳥海《とりうみ》さんや合図を送る沢城《さわしろ》さんが微笑ましかったです
NG
まだ○○さん帰ってきてないです
ひょこー
サッ
OK
おっけーです！

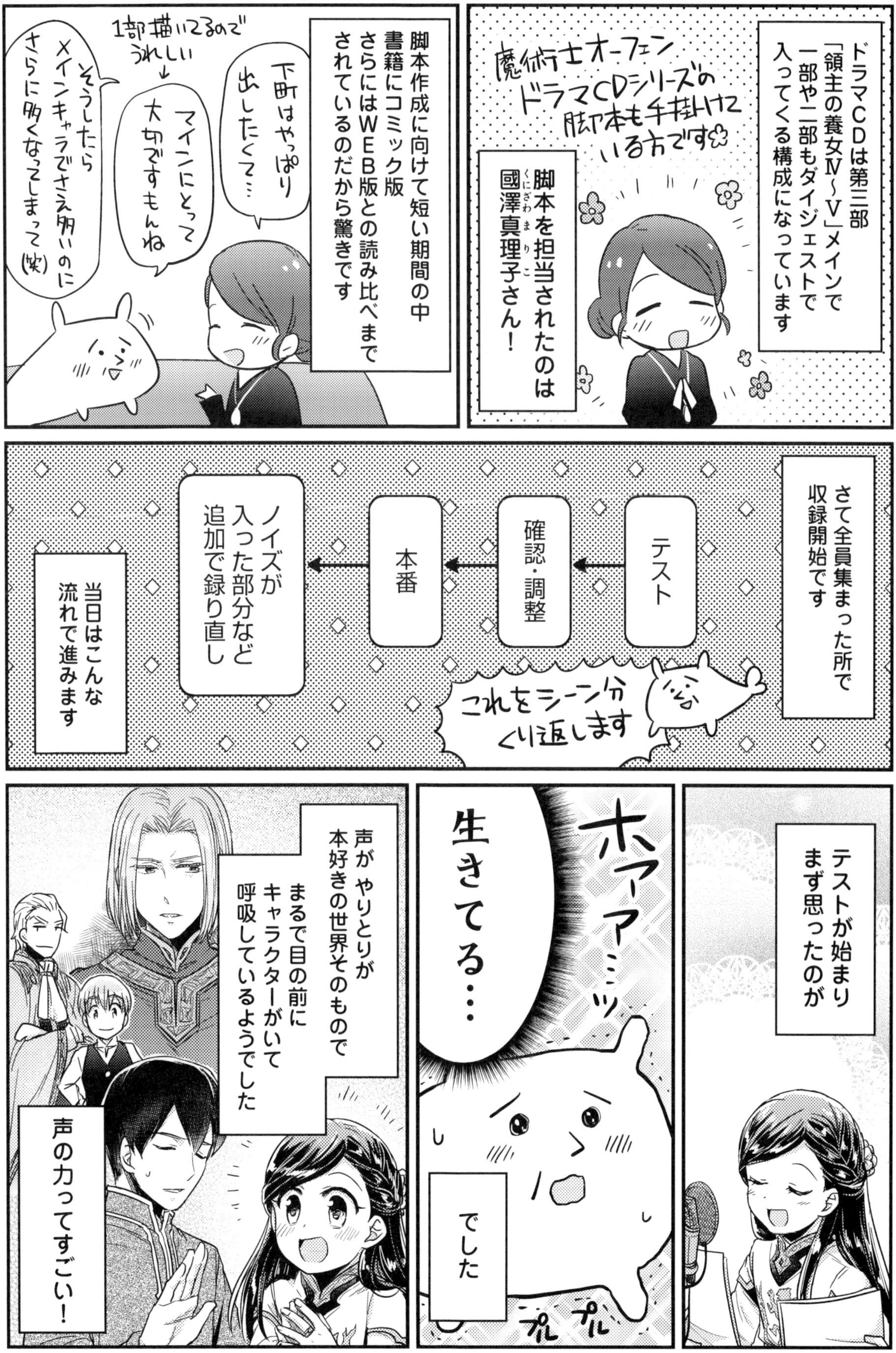
ドラマCDは第三部「領主の養女Ⅳ〜Ⅴ」メインで一部や二部もダイジェストで入ってくる構成になっています
魔術士オーフェンドラマCDシリーズの脚本も手掛けている方です✿
脚本を担当されたのは國澤《くにざわ》真理子《まりこ》さん！
脚本作成に向けて短い期間の中書籍にコミック版さらにはWEB版との読み比べまでされているのだから驚きです
下町はやっぱり出したくて…
1部描いてるのでうれしい
マインにとって大切ですもんね
そうしたらメインキャラでさえ多いのにさらに多くなってしまって(笑)
さて全員集まった所で収録開始です
テスト
確認・調整
本番
ノイズが入った部分など追加で録り直し
当日はこんな流れで進みます
これをシーン分くり返します
テストが始まりまず思ったのが
ホアーアミミッ
生きてる…
でした
プルプル
声がやりとりが本好きの世界そのものでまるで目の前にキャラクターがいて呼吸しているようでした
声の力ってすごい！

テストが終わると
演技やセリフなどを
確認し すり合わせを
行います
ここで
「キャラクターの声」の
イメージを
作り上げていきます
わい
わい
ここの
これ
どうでしょう
ここはもう少し
かしこまった
感じで
香月先生
こっちは
大丈夫ですか？
わい
わい
出した要望通りに
すっと演技を
変えられるのがすごい！
さすが
声優さんです
沢城さんの
"マイン"の演じ分け
ご期待ください
また読み方や
細かいイントネーションの
確認などもここでします
ゲドゥルリーヒ
フロレンツィア
本好き特有の
キャラ名や神様の
名前はやはり
なかなかの難物……
キャラによっては
長台詞も
多いです
フィルディナンド
さまっ
しゅん
ニフィルって
言っちゃった
アレッ
ビンデバルド？
ビンデバルト？
このセリフ
…どっち
だったっけ？
香月《かづき》先生——!!?
原作者
ですよね!?
打つ時は
「ビ」って打てば
予測変換で
出てきちゃうので…
ビンデバルトでした

こんな一場面も
えっと
ボニファティウスさんのセリフなんですが
音響監督さん
石塚さん
(言いづらいなら)ボニちゃんでいいですよ
ボニちゃん
ボニちゃん爆誕
その後 スタッフさんも「ボニちゃん」と言っているのにじわじわきました
ここのボニちゃんのセリフは
ス
ス
ボニちゃん…
またドラマCDはアニメの収録と違い絵がないので
戦闘シーンなどはその場で状況を補足説明します
マインは特殊な騎獣に乗っています
レッサーくん
他の皆はペガサスみたいな感じでー
聞いた時にわかりやすいようセリフを変えたりもします
シュティンルーク
神官長そっくりの剣…
「神官長そっくり」の剣!?
こういう…!?
ブン
エッ
私の剣?
違うぞ主
ブン
神官長の「声」にそっくりの剣だそうです(笑)
音響監督さん
浅野さん
ジェスチャーする沢城さん

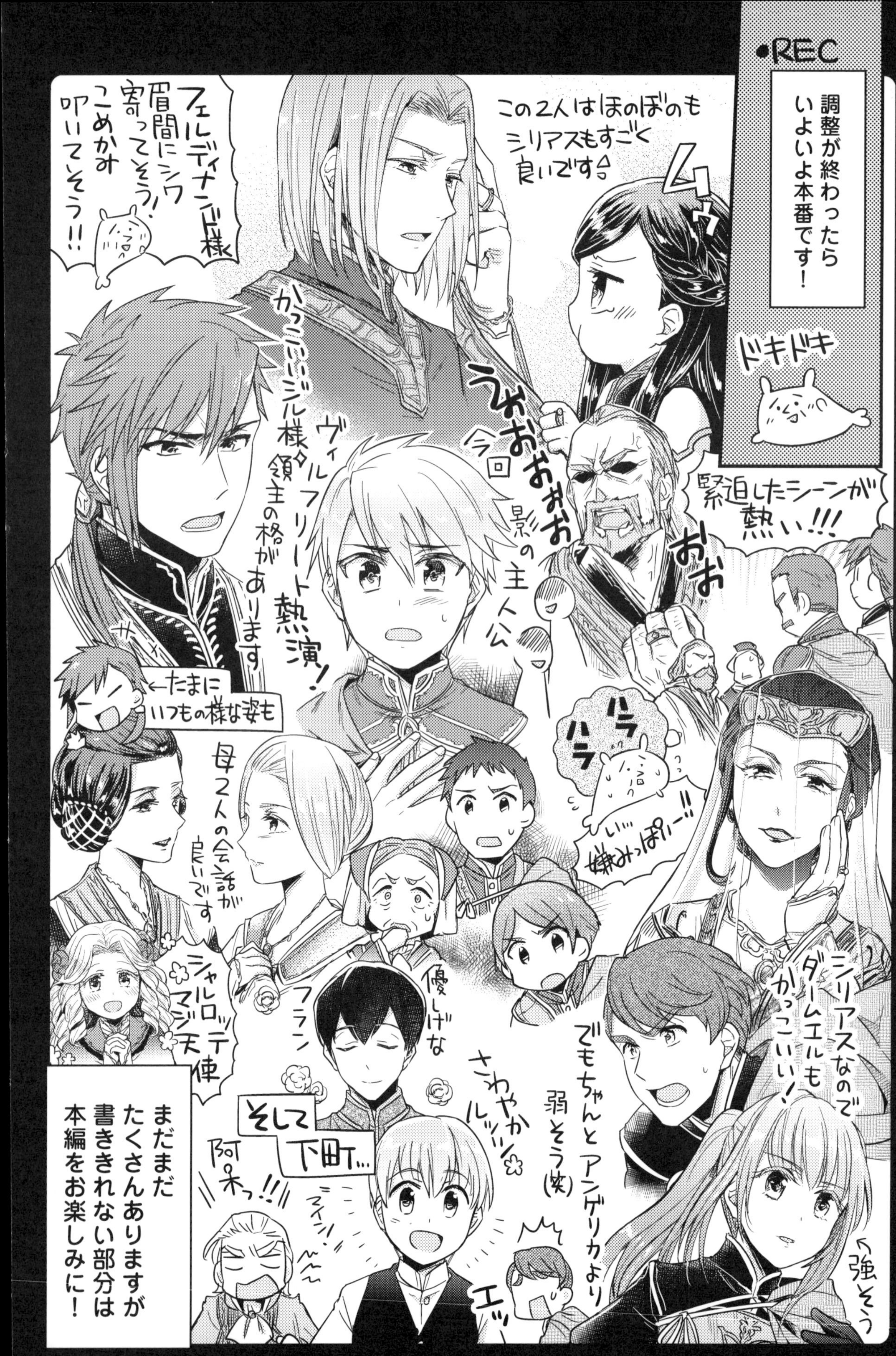

•REC
調整が終わったら いよいよ本番です！
ドキドキ
この2人はほのぼのも シリアスもすごく 良いです♪
フェルディナンド様 眉間にシワ寄ってそう！ こめかみ叩いてそう！！
ム
かっこいいジル様♪ 領主の格があります
ヴィルフリート熱演！
うおおおおおお
今回 影の主人公
緊迫したシーンが熱い！！！
おお
←たまに いつもの様な姿も
母2人の会話が良いです
ハラハラ
い…嫌みっぽい…！！
シャルロッテ マジ天使
フラン
優しげな
シリアスなので ダームエルもかっこいい！
でもちゃんとアンゲリカより弱そう(笑)
さわやかルッツ♪
そして下町…
阿呆っ！！！
マイン！
エッ
←強そう
まだまだたくさんありますが 書ききれない部分は 本編をお楽しみに！

おわり

※この漫画は、2017年9月9日発売の「ドラマCD」公式HPに掲載されたものを加筆修正しました。
作中の日付や内容は当時のものです。

「本好きの下剋上」
ドラマCDアフレコレポート

香月美夜

二〇一七年五月某日、十時ぐらい。

旦那の先導で待ち合わせ場所に到着です。大変でした。遠いし、人が多いし、駅も広いし、何とか線、何とか線って線が多すぎるし、看板が多すぎて目的地がわからないし、出口も多いのです。一人で行ったら「アフレコに行きたい作者の大冒険」で迷子エッセイが書けるレベルの道程でした。

無事に担当さんと鈴華さんと合流してスタジオへ歩き出すと、胃の辺りを押さえながら鈴華さんが私を見ました。

「私、昨日から緊張しまくって大変だったんですけれど、普段通りの香月さんを見たら何だか落ち着いてきました」

「それはよかったです」

「香月さんは緊張してますか？」

「いいえ、特には……」

「えぇぇ⁉　緊張しないなんて信じられませんよ！　なんでですか⁉」

鈴華さんが声を上げると、旦那が大きく頷きました。

「そう思いますよね？　作者なのに全く緊張してないんですよ！　初めてのアフレコとか、こっちは心臓がヤバいのに……」

声優さんとかアニメとかゲームとか好きな鈴華さんと旦那、とても気が合っているようです。

「だって、普段テレビを見ないし、声優さん達に対して鈴華さんや旦那のような思い入れはないですから……」

声優というプロの仕事には非常に興味があるし、アフレコ自体は楽しみなのです。でも、憧れの人に会える⁉　どうしよう⁉　というような緊張感やときめきは全くありません。初対面の仕事相手に会う時の緊張感とか高揚感が近いでしょうか。

全く緊張しないわけではありませんが、ドラマCDは文字ではなく声と音で作る作品なので、本作りに比べると文字書きの自分からは一歩離れた仕事になります。私としては初対面の声優さん達より、初対面の編集さんに会う時の方がよほど緊張するのです。

担当さんに案内されて、鈴華さんと私はスタジオに到着しました。最初にトイレの場所、録音ブース、操作室の案内をされます。

録音ブースは声優さん達が使う部屋のことです。一つの壁の前にマイクが四つ並んでいて、その反対側の壁にはブースの様子を見るためのカメラが付いています。マイク側の壁には小さめの机があり、お菓子などが少し準備されていました。マイクがある以外の三つの壁際には総勢十八人分の椅子がずらり。ここに声優さんが全員入るのは狭そうだと思いましたが、私は他のスタジオを知らないので比較できません。

操作室は機械があって指示を出す音響監督さん達、スタッフが使う部屋のことです。大きめのモニターがあり、それでブースの様子が見えます。……とは言っても、カメラが一つなので、四つ並んだマイクの内、真ん中の二つにピントが合っていて端の方はボケて見にくかったですね。

操作室には三人が座れるソファがありました。そして、ソファとは別に円いテーブルと椅子が四つ準備されていました。テーブルの上にはお菓子と飲み物が準備されています。私はここで見学するのです。

まずはプロデューサーさんや音響監督さん達スタッフの方達にご挨拶。プロデューサーさんが「本好きの下剋上」を一巻から買ってくださっているファンの方でした。キャスティングされた音響監督さんのご尽力で、これだけイメージにピッタリの素敵なキャストが揃ったのです。もう本当に大感謝ですよ。

大人の挨拶の定番、名刺交換。ここで大変な事態に！

私、名刺を持っていません。そもそも作っていないので、忘れてきたというわけでもありません。今後のために作った方がいいかなぁ、と考えることすでに三回目。いい加減に作らなければならないと思ってはいるのですが、普段は家に引き籠もって書いているだけなので、名刺を作る必要性を感じないというか……。アフレコレポを書いている今、まだ注文していないので、きっとまた後悔することになるでしょう。

「すみません。名刺を持っていなくて……」

「すみません。今名刺をきらしていて……」

鈴華さんも名刺持ってない仲間でした。

「よかったぁ……。名刺を持っていない仲間がいて」

「そんなことで喜ばないでください！」

「あ、私は以前もらった鈴華さんの名刺を持ってますよ。ほら、ここに」

「香月さん、ちょっと待ってください。それは香月さんに差し上げた物で、配る物じゃないですからね」

「そのくらい知ってますよ。私は鈴華さんの名刺を持っていますって自慢したかっただけですから」

鈴華さんと私のやり取りを見ていたプロデューサーさんがしみじみとした声で「香月先生はとてもマインですね。雰囲気とか物言いとか……」と言い、担当さんが「いや、香月さんは結構フェルディナンドですよ」と返す。二人の会話に鈴華さんは納得したように頷いているけれど、意味がわかりません。

そんな中、脚本家の國澤さんが到着されました。

「うわぁ、マインがいる。……香月先生ですね。一目でわかりました」

　本当にどういう意味なのでしょうね。私は未だかつて外を出歩いていて「マインがいる」と言われたことはないのに、これほど初対面の人から「マインがいる」と言われるとは……。


　集合時間が近付くにつれて、どんどんと集まってくる声優さん達。皆様、操作室に顔を出して「おはようございます。今日はよろしくお願いします」と挨拶をしてくださるけれど、とっさにどの役の方かわかりません。

「先程の方は武内とおっしゃったのでベンノさんですよね？　えーと、それから浅野さんはアンゲリカ？」

「そうですね」

　鈴華さんは声優さんに詳しいです。私も頑張ってどんな声の方なのか下調べをしたけれど、顔と名前は全く結びついていませんでした。名乗ってくださった方はメモ帳を見ながら「あの役の方」とわかるが、複数人に次々と挨拶されると悠長にメモ帳と照らし合わせることもできず、結局最後まで顔がよくわからない方が何人かいらっしゃいました。声優さんを調べる時に声だけじゃなく、お顔も調べておいた方が良かったかも知れません。一つ学習しました。

　全員が集まったら録音ブースへ移動し、私と鈴華さんは作者と漫画家として紹介されて挨拶しました。

「正直なところ、ドラマCDが初めてなのでよくわかりません。プロである皆様にお任せするので、本日はよろしくお願いいたします」

　簡潔に挨拶を終わらせ、その後は打ち合わせ。「この時はどういう心情なのか」と私が役柄に対する質問を少し受けている間に、プロデューサーさんや担当さんが声優さん達に本好きのクリアファイルを配っていました。「私のキャラはどれ？」と言っている声優さん達に担当さんやプロデューサーさんが説明していました。結構評判がよかったです。あと、クリアファイルが二十種類もあることに驚かれましたね。（笑）

　ローゼマインの心情や性格について質問してきた沢城みゆきさんは、雰囲気がマインでした。演技に対する熱や勢いが、本作りに邁進するマインっぽい。とにかく目がすごく強くて綺麗で印象的な方です。

　説明をしている途中で一巻表紙のクリアファイルを渡された沢城さん。

　マインのイラストを見ながら「……うーん、私、可愛いなぁ」と呟く沢城さんがすでにマインになっている感じで、「あ、大丈夫」だとすごく安心しました。

　ローゼマインの声優さんの希望を出す時は、ナレーション、モノローグ、下町時代のマイン、領主の養女としてのローゼマイン、麗乃。捕らぬ狸の皮算用ですが、仮にこの先ドラマCDの第二弾があるとすれば、成長したローゼマイン、女神の入ったローゼマイン、メスティオノーラ……全部を演じ分けられる声優さんがいいなぁと思ったのです。そう考えた時に沢城さんしか思い浮かびませんでした。希望が叶って本当によかったです。神に祈りを！


　収録時間の都合もあるので、ある程度説明をしたら適当なところで切り上げて操作室へ戻ります。ソファに鈴華さん、私、國澤さんが並んで座り、テーブルと椅子の方にはプロデューサーさんや担当さんや旦那が座りました。

「すでに何度か収録したことがあるドラマCDやアニメの場合、声優さんのスケジュールの都合で収録の時間帯や収録日を分けざるを得ないことがあります。ですが、今回は初めての収録なので、それぞれのキャラ同士の掛け合いなどを通して作品全体の雰囲気をつかんでほしいと思い、出番が後ろの方の声優さんも収録開始時間から集まっていただきました。時間内で収録を終わらせます」と説明を受けました。

　機材の前に座っている音響スタッフさんが二人います。収録方法や手順を考えつつ声優さん達に演技指示を出してディレクションする「音響監督さん」と、画面をじっと見つめながら録音レベルの調整、ノイズの有無や台詞の怪しいところもチェックする「ミキサーさん」です。

「まず、軽く台本を読んでもらってテストして、最初にキャラの声を作ります」

　キャラの声として何か注文があれば、どんな声にしてほしいのか要望を出すそうです。ここで決定した声で声優さん達はキャラを演じると言われました。声を作るというのが私にはいまいちわからないまま、テストは始まります。

　フラン役の伊達忠智さん、ローゼマイン役の沢城みゆきさん、ベンノ役の武内駿輔さん、ルッツ役の堀江瞬さんの四人がマイクの前に立ちました。

　モニターに映っているのは、マイクに向かって演じる声優さん達の後ろ姿だけ。しかも、ピントが合っているのは真ん中の二つのマイクだけで端の方はピントが合っていなくてピンボケです。カメラに一番近いマイクを使う沢城さんはわかったけれど、他の方はどれがどなたかわかりません。まぁ、顔がわからなくても声がわかればいいのですよ。

　沢城さんのローゼマインと堀江さんのルッツはイメージ通りの声が来るだろうと事前に予測できていましたが、伊達さんは下調べの時に私が知っている役がなくて、どんな声の方なのか、よくわからない声優さんでした。

「……わぉ、フランがマジでフラン。すごい」

　思わず声に出してしまうくらい脳内に描いていたフランの声がそのまま出てきました。何というか、言うことなし。違和感がなさ過ぎるのです。

担当さん「ベンノ、カッコいいですねぇ」

鈴華さん「うわぁ、ベンノさんに怒られたいです」

隣に座っている鈴華さんは元々「ベンノさんに叱られ隊」なので、口元を押さえてぷるぷる震えながら「怒られたい」と言っていましたが、武内さんのベンノの声はすごいです。これは「ベンノさんに叱られ隊」が間違いなく急増するはず！　でも、ベンノさんに怒られたくなったらドラマCDを何度も聞き返せばいいと思います。「この阿呆！」って何度でも怒ってくれますから。（笑）

担当さん「さすが沢城さん。マインですね」

ベンノの声も私が想像していた通りだったので、修正は全くなし。低すぎることもなく、本当に私がイメージする脳内の声がそのまま来ました。

私「主人公の声ですね。それに、ベンノさんとの会話がいいです」

予想通りだった沢城さんが演じるローゼマインの可愛い声に満足。

鈴華さん「ルッツ、いいですね。カッコいい」

私「でしょう？　想像通りです」

堀江さんのルッツも含めて四人ともキャラの声を修正する必要は全くありませんでした。

そのまま進んで、櫻井孝宏さんのフェルディナンドは「あぁ、フェルディナンドだ」という声だったし、鳥海浩輔さんのジルヴェスターはビックリするほどジルヴェスターだったので全く修正なし。下調べの時に想像していた声を超えて、キャラに寄せた声を作ってきていた声優さん達には本当に驚きました。マジすごい。

音響監督さんが指定したところまでテストで流して声をもらったら、一旦操作室は話し合いに入ります。気になったところや修正点がないかどうか確認し合うのです。

担当さん「香月さん、キャラの声はいかがですか？」

私「全く問題なしです。声優さんってすごいですね。このまま進めてください」

担当さん「最初に声を作るのが一番大事なんです。これがスムーズなら、収録が進めば進むほど声優さん達はキャラに馴染んでくるので、後はどんどん良くなるだけですよ」

オーフェンのドラマCDなどで収録に立ち会った経験のある担当さんは「良いドラマCDになりそうです」と嬉しそうに教えてくれました。

國澤さん「香月先生、フランの最後の台詞はあれでいいですか？　先生はフランの怒り方にこだわりがありましたよね？」

私「あぁ、確かに最後の台詞は気になりますね。フランの怒り声は怒鳴るんじゃなくて、威圧的になっていく感じで……いっそ『！』を除けるような冷やしフランをお願いしたいです」

実は初稿の脚本に書かれていたフランは怒る時に激昂する感じの台詞になっていたので、「冷やしフラン」にしてほしいと國澤さんに修正をお願いしたのです。

こちらの話し合いをまとめて音響監督さんがブースの伊達さんに要望を伝えます。私の要望の前半部分だけだったのは、「冷やしフラン」がわかりにくいと判断されたのかもしれません。（笑）

それでも、伊達さんの威圧的なフランがきました。声優さんはすごい！

キャラのイメージや流れがある程度つかめたら、修正点を伝えて本番です。ちなみに、最初に数ページを軽く流す感じでキャラ作りする時以外に練習はありませんでした。指定されたページまでどんどん収録していくのです。

収録が終わると、また話し合いが行われます。私達が少し修正してほしいところなどを話し合っている間に、ミキサーさんはノイズをチェックして録り直すところを音響監督さんに伝えていきます。このミキサーさんもすごいですよ。ノイズはもちろん、台詞の怪しい部分なんて普通に聞いていても全くわかりませんから。

最終的に、修正点や録り直すところは全て音響監督さんが把握して、声優さんに伝えながら部分、部分で収録し直していくのです。

「〇ページの二番目のローゼマインの声をください。ノイズです」

「×ページのベンノ、途中にちょっと怪しいところがありました。台詞がかぶるのでブロックでお願いしてもいいですか？」

「△ページのフェルディナンドの台詞、修正です」

そんな感じで音響監督さんが次々と指示を出せば、声優さん達はほんの一部分切り取った台詞だけをパッと前と同じテンションで演じていきます。いきなり泣いたり、怒鳴り声を出したり、前に会話の流れがあったように自然に一文だけに感情を乗せられるのです。

私「声優さんってマジすごいですね」

鈴華さん「香月さん、さっきから『すごい』しか言ってませんよ」

私「だって、マジすごいですから」

訓練をしてそういう技術を身につけた人を声優というのでしょうけれど、これ、本当にすごいです！　職人技だなぁ、と感嘆の溜息が次々に出ます。

あ、沢城さんの「いやっふぅ！」がとても可愛かったです。

あと、櫻井さんの「まったく……」がすごく好き。第三部のラストには出てこない「大変結構」をどこかに何とかしてねじ込めばよかったなんて口に出しては言いませんが、めちゃくちゃ後悔しています。新しい場面を挿入できる余裕なんてなかったんだもの。うぐぅ……。

部分、部分の録り直しが終わったら、次のシーンへ。「本好き」はシーンによってどんどんと出てくるキャラが変わるので、新しいキャラの声を確認する必要があります。次に確認しなければならないのはヴィルフリート役の藤原さんとゲオルギーネ役の中原さん。

ヴィルフリート役の藤原夏海さんは下調べの時から大丈夫だろうと思っていたし、実際に全く問題ありませんでした。ゲオルギーネと会話している時の無邪気でおバカな感じがとてもヴィルフリートらしかったです。

今回のキャストで一番意外性のあるキャスティングだったのが、中原麻衣さんのゲオルギーネ。操作室でもどのような声になるのか、注目の的でした。

中原さんのゲオルギーネが喋り出すと、「おおぉぉ」と感嘆と拍手が自然と出てきます。

鈴華さん「うわぁ、すごく良いですね。黒幕っぽさがあります」

私「優しげな声の中にある上品な嫌みったらしさが素晴らしいです」

國澤さん「言い回しはすごくいいですけれど、声が少し若くないですか？」

そんな意見をまとめて、音響監督さんが「もう少しだけ年上にしてください」と指示を出しました。ここで私は初めて「声優さんに指示を出してキャラの声を作る」という作業を見たわけですが、プロの仕事に度肝を抜かれました。その指示だけで完璧なゲオルギーネになったのです。

あんなに曖昧な指示で声を変えることが簡単にできると思わなかったので、本当に目から鱗がボロボロ落ちるような感動でした。

中原さんのゲオルギーネ、素晴らしかったです。期待してください。

その次に声のテストをしたのは、前神殿長役の伊達忠智さん、ビンデバルト役の林大地さん、カルステッド役の浜田賢二さんです。

伊達さんはフランと前神殿長の二役ですよ！！「え？　ちょ、ちょっと、本当に大丈夫なんですか!?」と思ったのは私だけではないはずです。

伊達さんの前神殿長と林さんのビンデバルトが喋り出しました。伊達さんは年長者らしい芝居をしていただきましたが、神殿長の方がかなり若いように聞こえます。操作室で一致した意見に、「前神殿長、もう少し年齢を上げてください」と音響監督さんから指示が入りました。

「おおぉぉ!?　上がった！　前神殿長だ」

フランが前神殿長になったのです。驚きでしょう？　何度目かわかりませんが、声優さんはすごいのです。

林さんのビンデバルトはとても悪代官っぽくて非常によかったです。椎名様のあのイラストに合うのです。前神殿長と組んで悪いことをしそうな声で完璧です。

鈴華さん「カルステッドがカッコいいです！」

鈴華さんが興奮している通り、浜田さんのカルステッドは声だけで「カッコいいです、お父様！」と拳を握れる素敵な声でした。人を動かす声、騎士団長にピッタリです。浜田さんの声でカルステッドの男前度が三割増しましたね。間違いないです。

それから、フロレンツィア役の長谷川暖さんとエルヴィーラ役の浅野真澄さん。実は、浅野さんはアンゲリカ役として公表されているけれど、エルヴィーラ役もするのです。ちょっと年齢差が大きい二つの役に驚きました。

テストの結果、長谷川さんの声はフロレンツィアではありませんでした。人情味に溢れていて優しい母親の声だけれど、領主の第一夫人ではないのです。フロレンツィアではなくて、エーファでした。

浅野さんのエルヴィーラも少し早口できびきびした感じのできるお母さんという感じですが、貴族女性というよりは職業婦人。「できる女性」というこちらの注文には沿っているけれど、エルヴィーラお母様の喋り方ではありません。テストした二人の会話は貴族女性のお茶会というより、下町のお母さん同士の会話に聞こえました。

私「フロレンツィアの声はもう一段若くして、貴族らしい優雅さというか……」

國澤さん「そうですね。もっと柔らかくておっとりした雰囲気がほしいです」

私「エルヴィーラは年齢的にはそれくらいなんですけれど、ちょっと早口すぎます」

國澤さん「わかります。ゆっくりした口調で貴族であることを念頭に置いてもらって……」

そういう意見をまとめて音響さんが伝えます。そうしたら、次の瞬間にはできるのですよ。違和感のないフロレンツィアとエルヴィーラが。プロの技には思わず拍手してしまいますよね、ホント。

声が作れたら、本番です。音響監督さんが指定したところまで一気に収録して、終わったら話し合い。

國澤さん「ヴェローニカはもう少し貴族らしく感情を抑え気味で良いと思うのですが」

私「うーん……。いえ、やっと見つけたはずの救いの手が救いではなかったんです。我が子が自分の言葉を聞かないなんて思ってもみなかったヴェローニカの声はこれで良いと思います」

ヴェローニカ役は中根久美子さん。リヒャルダ役の方で、お年を召した女性がとてもお上手です。

修正が必要な部分を撮り終えると、次は新しい貴族キャラが次々と出てくるシーンです。シャルロッテ役の小原好美さん、リヒャルダ役の中根久美子さん、ダームエル役の田丸篤志さん、アンゲリカ役の浅野真澄さん、ランプレヒト役の鳴海和希さん。

テストの結果、小原さんのシャルロッテの声は可愛いのですが、ローゼマインと会話をしていると、シャルロッテの方が年上に聞こえました。操作室では「もう一段幼く」で意見が一致します。

音響監督さんからの「もうちょっと幼くお願いします」という指示に小原さんは「え？　これ以上幼くするんですか？」と戸惑いつつ、幼い声で台詞を口にしました。一気に幼くなりましたが、惜しい。今度は幼すぎです。

國澤さん「声のトーンはそのくらいなんですよ。言い回しがちょっと……」

私「そうそう。舌っ足らずな言い方だけ抜いてくれたら完璧ですね」

音響監督さんの指示で再度小原さんが台詞を口にした瞬間、私と鈴華さんの感想が「シャルロッテ、マジ可愛い！」で一致したことをお知らせします。

中根さんのリヒャルダは見事なおばあちゃん感で、全く問題なし。すごくリヒャルダ。このドラマCDの中に「これ、フェルディナンド坊ちゃま！」と叱り飛ばすシーンがほしかったなと思ったのは内緒です。ヴェローニカとリヒャルダで完全に分けられるところがすごいと思いました。

浅野さんのアンゲリカも強そうでOK。暴れているヴィルフリートを押さえ込んでいることが、声の微妙な揺れでわかるんですよ。感心しました。その調子でグッと押さえ込んでいてください。(笑)

鈴華さん「わぁ……。田丸さん、すごくダームエルですね」

私「うん、想像通りです」

今回のダームエルは戦うシーンが多いので、キリッとした台詞が多いです。田丸さんのダームエルは、ダームエルのくせにカッコいいので、私はできればヘタレなダームエルをもっと田丸さんの声で聞きたいと思いました。

鳴海さんのランプレヒトもイメージそのままでした。何の違和感もありません。するっとランプレヒトの声として耳に入ってきます。明るい体育会系のイケメン声という私の希望にピッタリです。

ご学友、貴族女、貴族男などの役名がないモブやほとんど台詞のない下町家族は、その場にいる声優さんが二役、三役を演じてくださっています。当日は顔を上げてモニターを見る余裕のなかった私にはどなたが演じてくださっているのかわかりませんでしたが、後でキャスト表を見て驚きました。本当に役柄ごとに声が違うのですよ。

ご学友役は依田菜津さん。コルネリウス役の方です。第三部の時点で名前は付いていないので書きませんが、web版の読者の方ならば名前が浮かぶかも知れませんね。コルネリウス役よりも台詞が多い気がしますが、可愛い少年声です。

貴族女その一が藤原夏海さん。ヴィルフリート役と兼ねるのですか!?　と驚きました。同じ場面にいるのに切り替えがすごいです。

貴族男その一は伊達忠智さん。フラン役、前神殿長に加えて三役目です！　どの役も年齢が全然違うのですが、それに合わせて声を自在に変えられる器用な方だなと思いました。

貴族女その二は依田菜津さん。依田さんもコルネリウス役、ご学友役に続いて三役目です！　声優ならば当たり前にできるのですか？　声優というお仕事に求められる技術の高さに眩暈がしますね。

貴族男その二は田丸篤志さん。ダームエル役の方です。聞いている限りではダームエルと同じだとは思いませんでした。もっと年上だと思っていました。

この場面の貴族達の会話は國澤さんから「ドラマCDなので、初めて聞く方にも悪役だとわかるように」という注文がついて、悪役っぽさ増量でお届けです。確かに貴族同士の会話は地の文がないとどういう状況でどんな心情で喋っているのかわかりにくいですよね。

本番の後の話し合いではちょこちょこと台詞を変えました。聞いてもパッとわからない部分を修正したり、この部分は不要だからと削除したり……。

小説では「表記揺れ」として統一するように注意される呼び名も、何度も「ヴィルフリート兄様」が出てくると耳障りなので、「兄様」と縮めるという提案が沢城さんから出てきました。声優ならではの視点だな、と感心しました。

次のシーンで声を合わせたのが、シュティンルーク役の櫻井孝宏さんとボニファティウス役の石塚運昇さん。

櫻井さん「シュティンルークはどのような声の役ですか？」

音響さん「フェルディナンドそのままだそうです。声のトーンや言い方全てそのままで」

櫻井さん「……。え？　どういう存在なんですか？」

音響さん「魔剣だそうです。フェルディナンドの声で喋る武器で、アンゲリカの……」

次の瞬間、「剣が喋るのか!?」「魔剣かよ!?　ぶはっ」とブース内で謎の笑いが起こりました。そんな中、「あ、私の剣!?　私が主ですね！」とアンゲリカ役の浅野さんが得意そうに言って、更に笑いが広がっていました。

石塚さんはテストで第一声が聞こえた瞬間、操作室が「ボニファティウス！」という笑いに包まれました。全員一致でボニファティウス。もう本当に手を打って「すごい、おじい様！」と笑わずにはいられないくらいボニファティウス。もう他の方が考えられないくらいのはまり役です。ローゼマインを助けに来たところは笑わずには聞けません。

音響監督さんだけではなく、石塚さんも「ボニファティウス」が言いにくいようで、「ボニファ……ボニちゃんでいいですよ。ボニちゃんで行こう！」とビシッと親指を立てて、すぐさま愛称をつけていらっしゃいました。ボニちゃん、可愛い。おじい様がいきなり可愛くなりました。

私は操作室から「感想欄ではおじい様やボニ爺と呼ばれていますよ」と言ってみたけれど、こちらの声が聞こえないのが残念ですね。

モブのヴェローニカ派の表記が林大地さん。ビンデバルト伯爵に加えて、ヴェローニカ派の貴族です。どちらも悪役ですが、見事に別人です。ガマガエルっぽさが全くない嫌み貴族でした。

黒ずくめ役は浜田賢二さん。役名だけ見ればモブですが、後に役名が出てくる中ボスキャラです。今の段階では名前は出しませんが、ローゼマインを襲う犯人役です。

黒ずくめがイイ声過ぎると思いました。カッコいい。「中ボスっぽい感じ」という希望だったのですが、予想以上にカッコよかったです。

布を当てているくぐもった声で、同時に滑舌良く全ての言葉がきちんと聞こえなければならないなんて……ひどい無茶ぶりだ！　と思うのですが、それを「ふんふん」と聞いて「大丈夫です」でできてしまうところがすごいですよね。

最後に、沢城みゆきさんに麗乃の声を作っていただきました。麗乃は回想シーンに一言台詞があるだけですが、マインやローゼマインとは全く年齢が違いますし、転生前はそもそも別人なので声を確認する必要があるのです。

沢城さん「年齢は何歳ですか？」

音響さん「二十二歳。大学生だそうです」

そのやり取りだけで、沢城さんはピタッと声を合わせてきました。すごすぎると思いません？　幼いローゼマインとは全然違う麗乃の声、それなのに、物言いが同じで繋がりがあるのがわかるのですよ。台詞を聞いた時、鳥肌が立ちました。

下町家族もビックリの連続です。

ギュンター役は伊達忠智さんです。収録時はモニターを見る余裕なんてなかったので、後から、誰がどの役とどの役を兼ねていたのか見直して、えぇぇぇ!?と思いました。

ギュンターは声が低くて、「もう少し若い声に」と注文を付けたのは覚えていたのですが、まさかまたもや伊達さんだったとは……。そんな感じのビックリです。マジで伊達さん、大活躍。

エーファ役は依田菜津さんです。依田さんも多すぎですよね。どこにでもひょこっといる感じです。でも、声が別人。器用な方なのか、声優さんならば誰でも持っている特技なのか……。声優さんがすごすぎてわからなくなってきました。

優しくて人情味に溢れた暖かい母親。それがコルネリウスと同じ人……うーん、すごいです。

トゥーリ役は中原麻衣さんです。ゲオルギーネとトゥーリですよ！　正反対の役柄！　でも、中原さんの普段の役柄から考えると、トゥーリ役の方が想像はつきやすいかもしれませんね。中原さんのトゥーリ、もう本当に可愛い。ゲオルギーネと同じ人だとは思えません。「トゥーリ、マジ天使！」な中原さんの声をお楽しみに。

収録中は脚本をじっと見ながら声に集中するので、あまりモニターを見ていなくて声優さん達の様子がわかりませんでした。アフレコレポを書くのに、これじゃダメだ！　と途中で気付いて顔を上げたのですが、自然と視線は脚本に戻ります。

モニターを見た時間は長くないのですが、とりあえずわかったことをいくつか。

沢城さんは身振り手振りが大きくて、声だけではなく演技をしていました。他の人は肩幅に足を開いて声を出している人が多いことでしょうか。マイクの位置が固定なので、背の高い方は少し屈むような格好をしている方もいました。藤原さんがヴィルフリートを演じている時の背中は、少年らしい勇ましさがあって何となく印象的でした。

あと、一つのシーンでたくさんのキャラが喋る時は入れ替わりが大変そうだな、と思いました。立ち上がって待機しなければならない時に、マイクの高さに合わせるために長身を縮めるようにそーっと動いている武内さんの様子が可愛かったです。

私達が修正点について話し合っている間、ブースの声優さん達がどのように過ごしているのかわからなかったのですが、もしかしたら読み合わせをしたり、「このシーンではどのマイクを誰が使って、どこで誰と入れ替わるのか」と打ち合わせたりしているのかな、なんて考えました。

そういえば、キャラと似ている方がキャスティングされているのかも？　と思うくらい鳥海さんの雰囲気がすごくジルヴェスターでした。あれは素なのか、声を出していなくてもブースにいる間はジルヴェスターなのかわかりませんでした。休憩中に「いぇーい」みたいなノリで、別に質問があるとかそういう雰囲気でもなくカメラに向かってバタバタ手を振っているところとか、トイレの前でスリッパを履き替えるのか戸惑っている新人さんに教えている軽いノリとか。すごくジルヴェスターだったので、その声とノリで「くそっ！　神に祈りを！」って言ってほしいなぁ、なんて考えました。（笑）

沢城さんは結構お茶目でマインっぽいところがありました。「休憩、終わりです。大丈夫ですか？」と音響さんが確認した時に、カメラに向かってビシッとOKサインを出してくれた得意そうな顔がすごく可愛かったです。その直後、どなたかの「もうちょっと待ってください！」という声が入りました。慌てて大きく手を振って「待って、待って。今のなし！」と言いながら手を大きく交差させて×を作って知らせてくれた沢城さんの姿がコミック版でマインがギルド長に向かってお断りしている図と脳内でピッタリ重なり、思わず笑ってしまいました。

櫻井さんはすごく真面目な印象でしたね。黙々と脚本を読んでいる感じの姿ばかり見た気がします。あれ？　でも、シュティンルークの声について話していた時は声優の皆さんと一緒に騒いでいたような気もするので、私がモニターを見ていないところでは騒いでいたのかもしれません。それとも、フェルディナンドの役柄に合わせていたのかも……？


「キャラや神様の名前がカタカナで長くて発音しにくい」と頭を抱える声優さん達が多かったこと。これは今回の収録で私が一番反省した点ですね。

フロレンツィア→フロレンツァ
シュツェーリア→シュツァーリア
ゲドゥルリーヒ→ゲ、ゲドゥ……え？

という感じで、皆様、苦戦していらっしゃいました。

「本当にごめんなさい！　名前を決めた当時は書籍化予定もなかったし、ましてやドラマCD化で他人様に声を当てていただけるなんてこれっぽっちも思っていなかったんです！」

本当に操作室から平謝りしていたわけですが、新しい作品を書く時は声に出す時の読みやすさも重視したいと思いました。本当に申し訳ありません。面倒な発音、ありがとうございました。

それから、キャスティングを担当された音響監督さんの感性が素晴らしかったこともあると思いますが、声優さんがこれだけ自在に声を変えていけるなら、事前にどのような声の方なのか調べるのはあんまり意味がなかったな、と思いました。それよりも、人と人が顔を合わせてお仕事をするのですから、顔を覚えておくことの方が大事でしたね。

帰る声優さん達を見送りつつ、「この役のこういうところが素敵だった」と感想を言いたかったのですが、顔と役が一致する方が半分くらいだったため、全員に対して満足にお礼を言えなかったところが心残りでした。結果として、この長文アフレコレポで思いの丈をぶつけているわけですが……。

声優さんの顔を覚えたり、どんな声を出してほしいのか自分の中のイメージを明確にしたり、それを声優さん達に伝えられるようにまとめておいたりする必要性を強く感じました。

忙しくて原作全てに目を通せない声優さんも多いですし、「本好きの下剋上」は長くて収録部分が発売されていない状況でのアフレコです。私が声の下調べをするよりは第一部からのあらすじやキャラの性格について、もっと詳細なまとめを作っておく方が、よりよいドラマCD作りに役立ったのではないかと反省しました。

次回があれば、今回の経験を活かしていきたいと思います。貴重な経験、ありがとうございました。

キャストの皆様はもちろん、プロデューサーや音響監督さんを始めとするドラマCD制作スタッフの皆様、脚本家の國澤真理子様、担当さんを始めとするTOブックスの皆様、それから、忙しい中でアフレコの漫画レポを描いてくださる鈴華様に感謝を。

※このレポートは、二〇一七年九月九日発売の「ドラマCD」公式HPに掲載されたものを加筆修正しました。作中の日付や内容は当時のものです。

キャラクター設定資料集

ノーラ
14歳
・薄紫(青み)の髪
・青い瞳
トール
11歳
・薄紫(青みの青)
・青い瞳
リック
11歳
・深緑の髪
・灰色の瞳
マルテ
8歳
・深緑の髪
・灰色の瞳

ノーラ／トール リック／マルテ

それぞれのキャラクターが、事前の香月先生のイメージ通りで、ラフから変更なし。ノーラとトールについては「二人とも売らてしまうくらいに可愛い姉と、よく似た容貌で生意気そうな弟」というイメージだったそうだ。

before

after
ユストクス
32歳
・灰色の髪
・茶色の瞳
オズヴァルト
30歳
・黒っぽい焦げ茶
・赤茶の瞳

ユストクス／オズヴァルト

ユストクトスは髪型を天然パーマっぽく変更。オズヴァルトは「人に采配を振るうのに慣れた貴族らしさ」を出すこと、さらには上級貴族なので、カルステッド一家のように、上着を着たら正装になりそうな衣装に変更した。

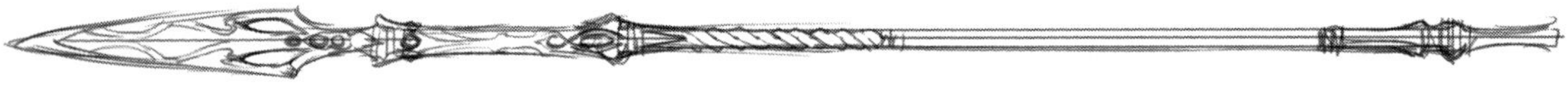

ライデンシャフトの槍

火の神ライデンシャフトの神具で、魔力が飽和すると槍の穂先の魔石が光る。「第三部Ⅲ」の表紙で、ローゼマインのアクションと共に輝いている。

インゴ（33歳）
・黄土色の髪
・明るい青色

インゴ

若くして独立したため、木工協会の親方の中では下っ端。目つきの悪さに、のし上がりたい職人の雰囲気が出ている。実際の挿絵では、神殿内なので、頭のタオルを外し、無精ひげを剃り、継ぎ接ぎのない衣装になっている。

アンゲリカ（12歳）
・淡い水色の髪
・深い青の瞳

フィリーネ（7歳）
・蜂蜜色の髪
・若葉のような黄緑の瞳

アンゲリカ
フィリーネ

香月先生曰く、「おとなしくて可愛らしい外見詐欺のような雰囲気」のアンゲリカはイメージ通り。ラフ画から、腰に重要なアイテム「魔剣」が追加された。絵本の読み聞かせが大好きなフィリーネはおっとりとした可愛らしさが出ている。

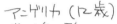

第三部　領主の養女Ⅳ

ボニファティウス
・61歳
・栗色に近い金髪
・水色の瞳

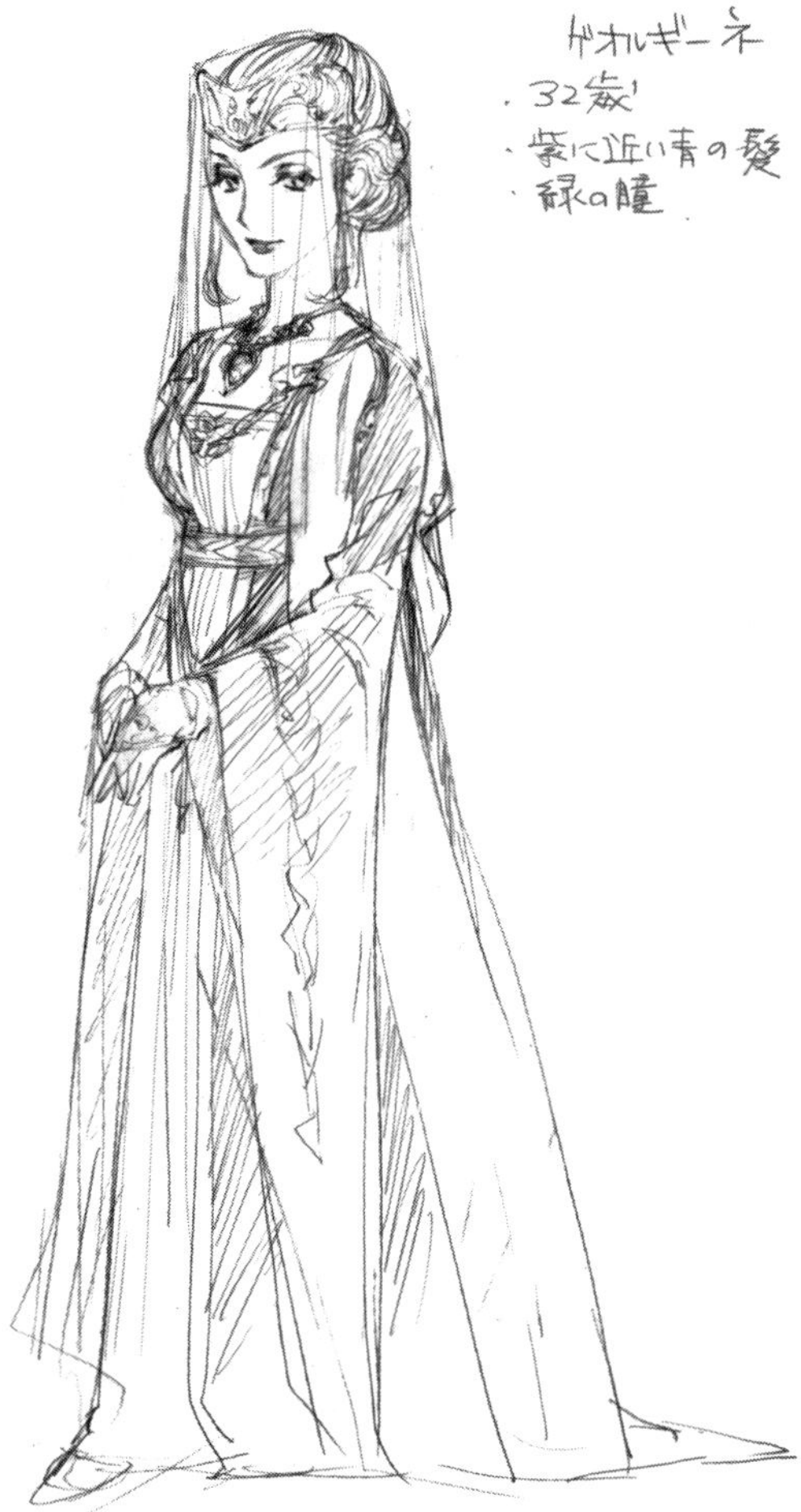
ゲオルギーネ
・32歳
・紫に近い青の髪
・緑の瞳

ボニファティウス

「筋肉むきっとした体格で、一目でカルステッドと親子とわかる顔」という、香月先生からのイメージ通り。かなり大型でフェルディナンドより高身長なので、実際のイラストで注意頂く。

ゲオルギーネ

椎名先生に「悪役感＋彫りが深く、目鼻立ちのはっきりした美人」としてデザイン頂く。32歳なので、若すぎない雰囲気もよく描かれている。実際の挿絵では強烈なイメージを残した。

第三部　領主の養女Ⅴ

フリッツ
26歳
・焦げ茶の髪
茶色の瞳

フリッツ

我慢強さに定評があり、ルッツとギルの仲裁もこなすローゼマイン工房の縁の下の力持ち的存在らしく、「地味顔」（椎名先生談）に。

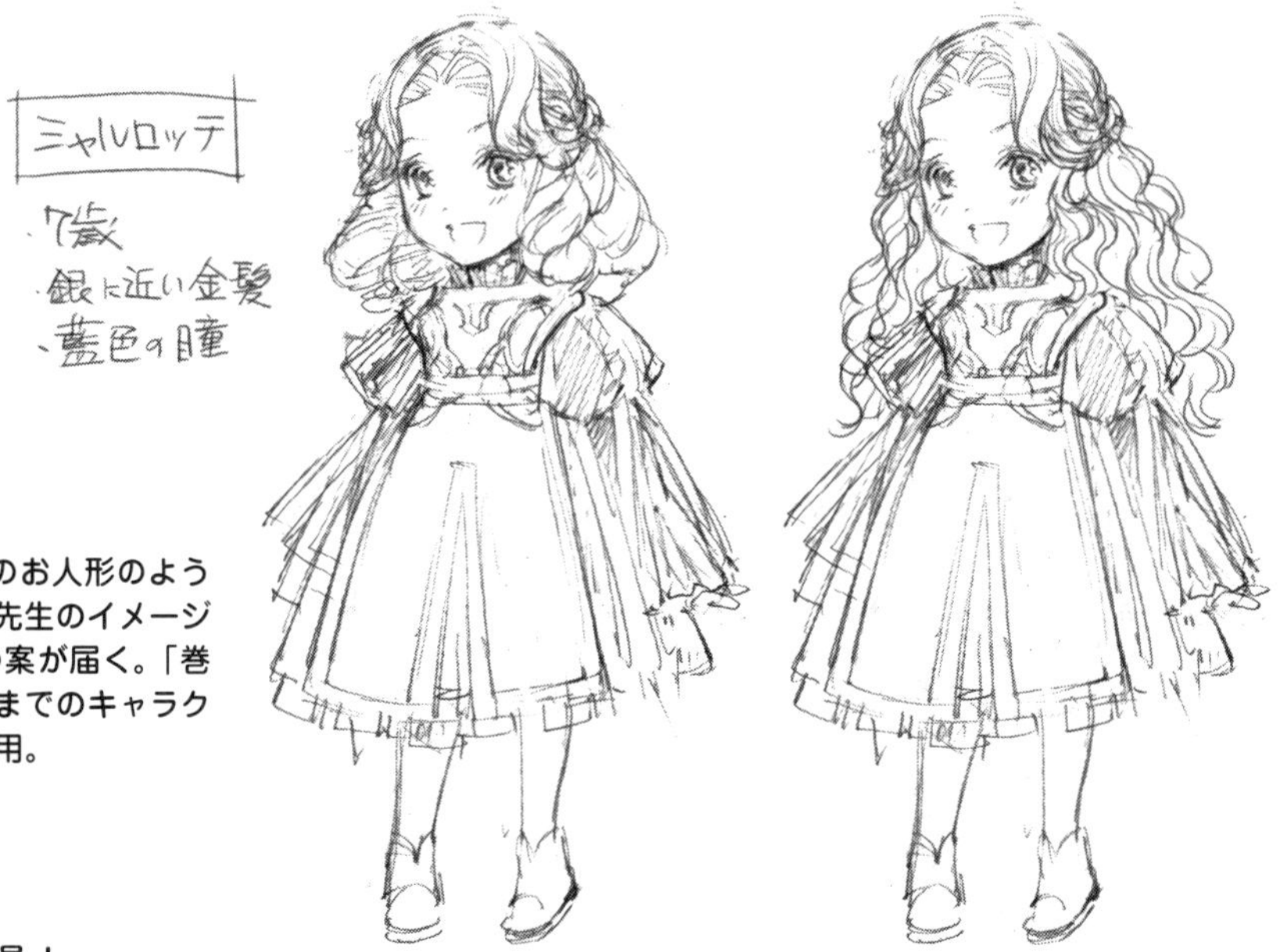
シャルロッテ
・7歳
・銀に近い金髪
・藍色の瞳

シャルロッテ

「髪がくるくるとして、等身大のお人形のように愛らしい顔立ち」という香月先生のイメージに対して、椎名先生より２つの案が届く。「巻き髪のお姫様風」が正統派で今までのキャラクターにない髪型なので、左を採用。

第四部　貴族院の自称図書委員Ⅰ

before

after
ローゼマイン
10歳
125ぐらい

ローゼマイン(2年後)

ユレーヴェに浸かっていたので、年齢を重ねても容貌は「第三部」から変わらない。衣装を貴族院の女性用の黒服に変更。スカートの両側に縁取りのように花の飾りが追加された。他領に向けて流行をアピールする目的があるため。

フィリーネ(2年後)

下級貴族の文官見習いで一年生。おとなしいイメージ通り。貴族院の黒服に領地の色を示すマントを身につける。

シュバルツ／ヴァイス

図書館の魔術具ながら、姿はうさぎ。それぞれのワンピースは色違い。ベストのデザインが凝っているのは、魔術的加工が施されているため。変更は衣装を半袖にして、首前に魔石を追加。

フィリーネ
10歳
140ぐらい

before
・額に濃い金色の魔石
・目は金色

after
シュバルツ
ヴァイス

ハルトムート
・14歳（5年生）
・朱色の髪
・橙の明るい瞳
オティーリエの末息子
175くらい

ブリュンヒルデ
・12歳
・真紅の髪
・飴色の瞳
157cmぐらい
（＋クツのヒール 160ぐらい）
貴族院 3年生

ハルトムート

貴族院の五年生。ローゼマインを聖女と崇め、情報収集がとても得意である。香月先生曰く、「一見にこにこと穏やかそうだけど、熱く語り始めると鬱陶しい感じ」。

ブリュンヒルデ

貴族院の三年生。お洒落で、お嬢様らしいお嬢様の雰囲気と、気位の高さが表れている。髪の色が真紅なので、「第四部Ｉ」のピンナップイラストに注目。

リーゼレータ
・13歳！
・エメラルドグリーンの髪
・濃い緑の瞳
155ぐらい
（＋クツのヒール 158ぐらい）
アンゲリカ 妹
貴族院 4年生

リーゼレータ

貴族院の四年生。アンゲリカの妹で顔立ちは姉に似ているが、性格は控えめである。静かに佇む雰囲気。笑顔を忘れず、理知的に淡々と仕事をこなしていく。

ディートリンデ

大領地アーレンスバッハの領主候補生。ゲオルギーネの娘らしく、自己中心的で派手系の美人。きつい目つきに性格が現れている。ローゼマインが気に入らない。

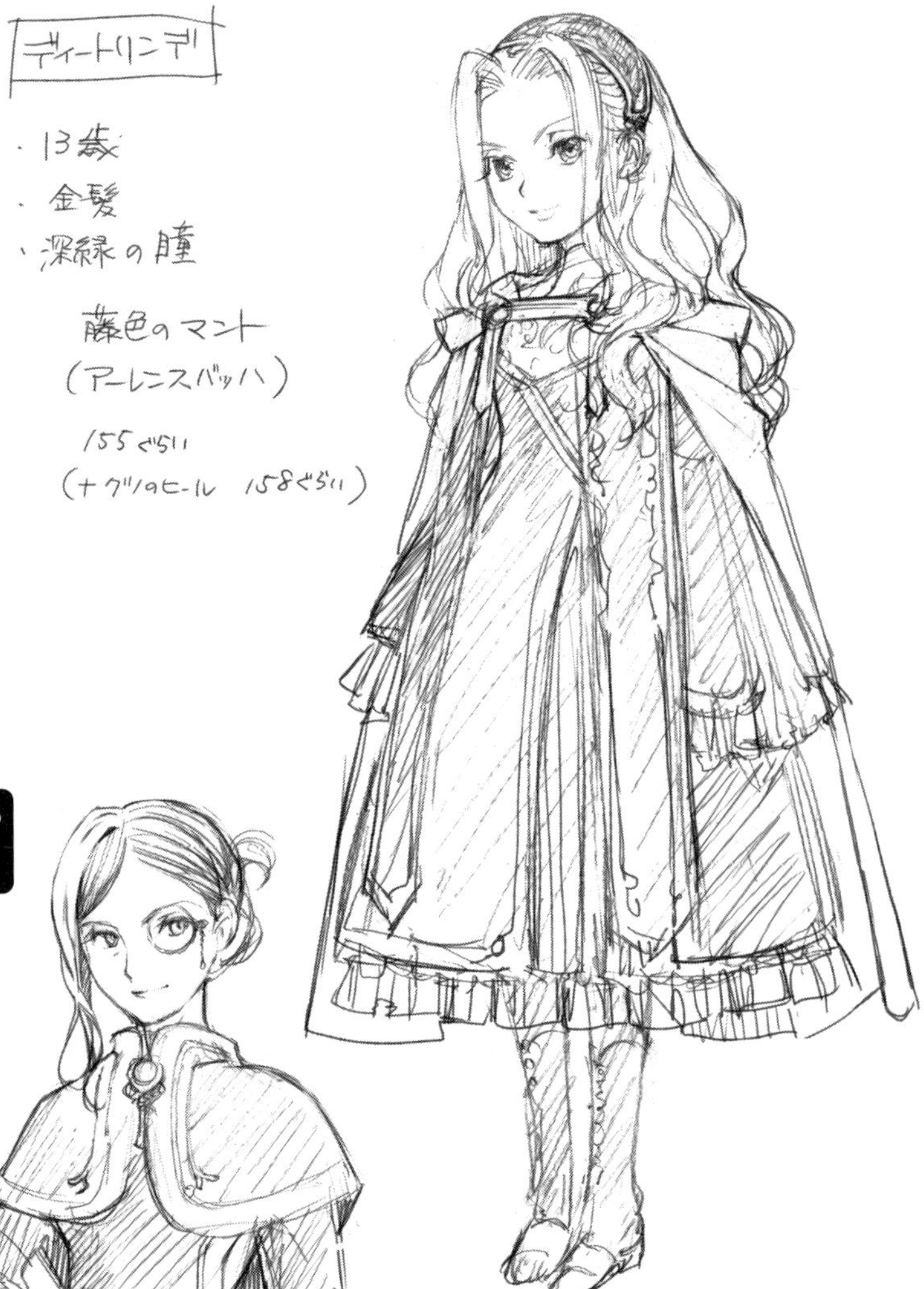
ディートリンデ
・13歳
・金髪
・深緑の瞳
藤色のマント
(アーレンスバッハ)
155ぐらい
(＋クツのヒール 158ぐらい)

before

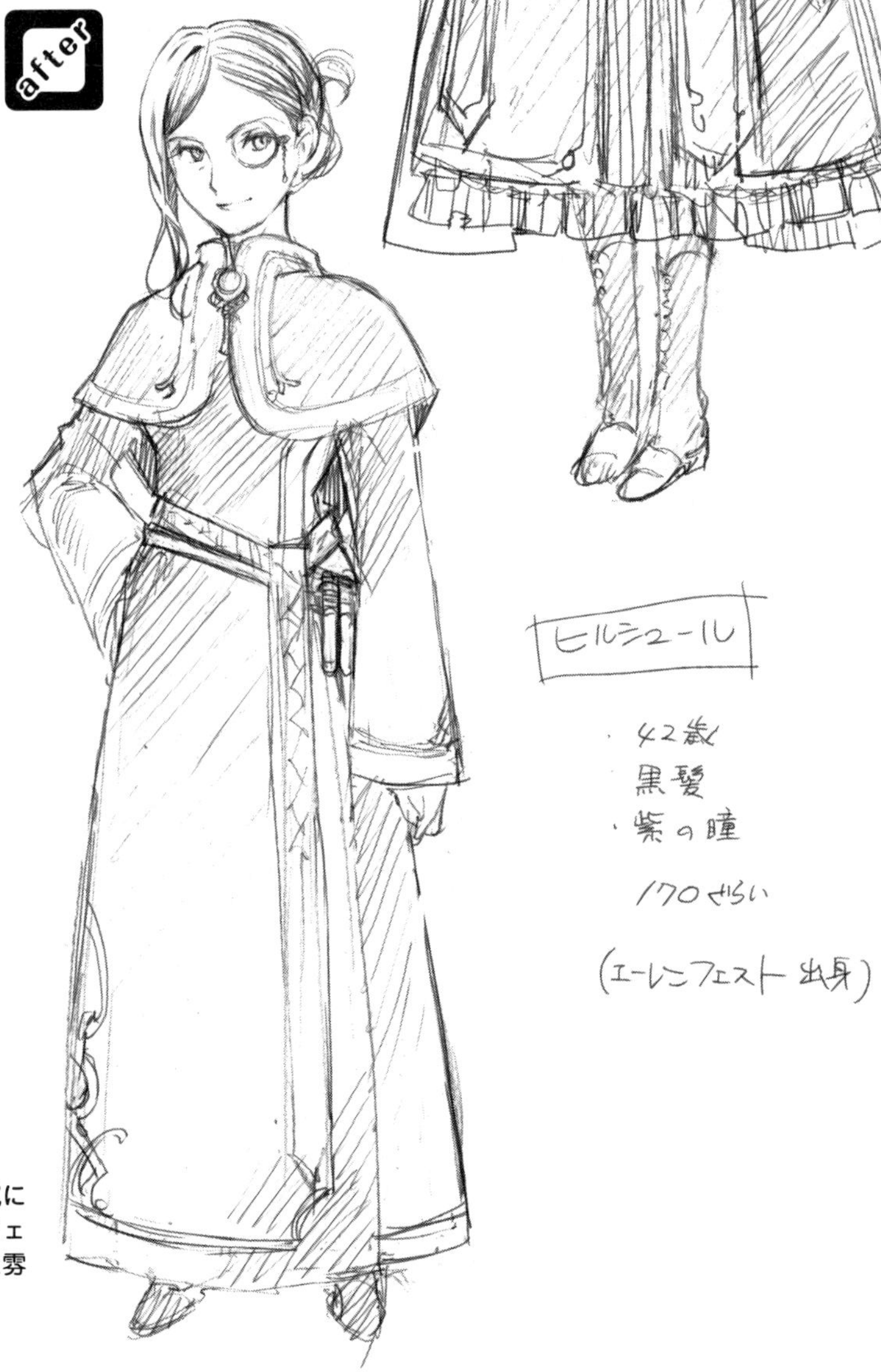
after
ヒルシュール
・42歳
黒髪
・紫の瞳
170ぐらい
(エーレンフェスト 出身)

ヒルシュール

寮監だが、寮にはいない。自分の研究に没頭するマッドサイエンティスト。フェルディナンドの師匠も頷ける凛とした雰囲気。変更後、前髪がうねっている。

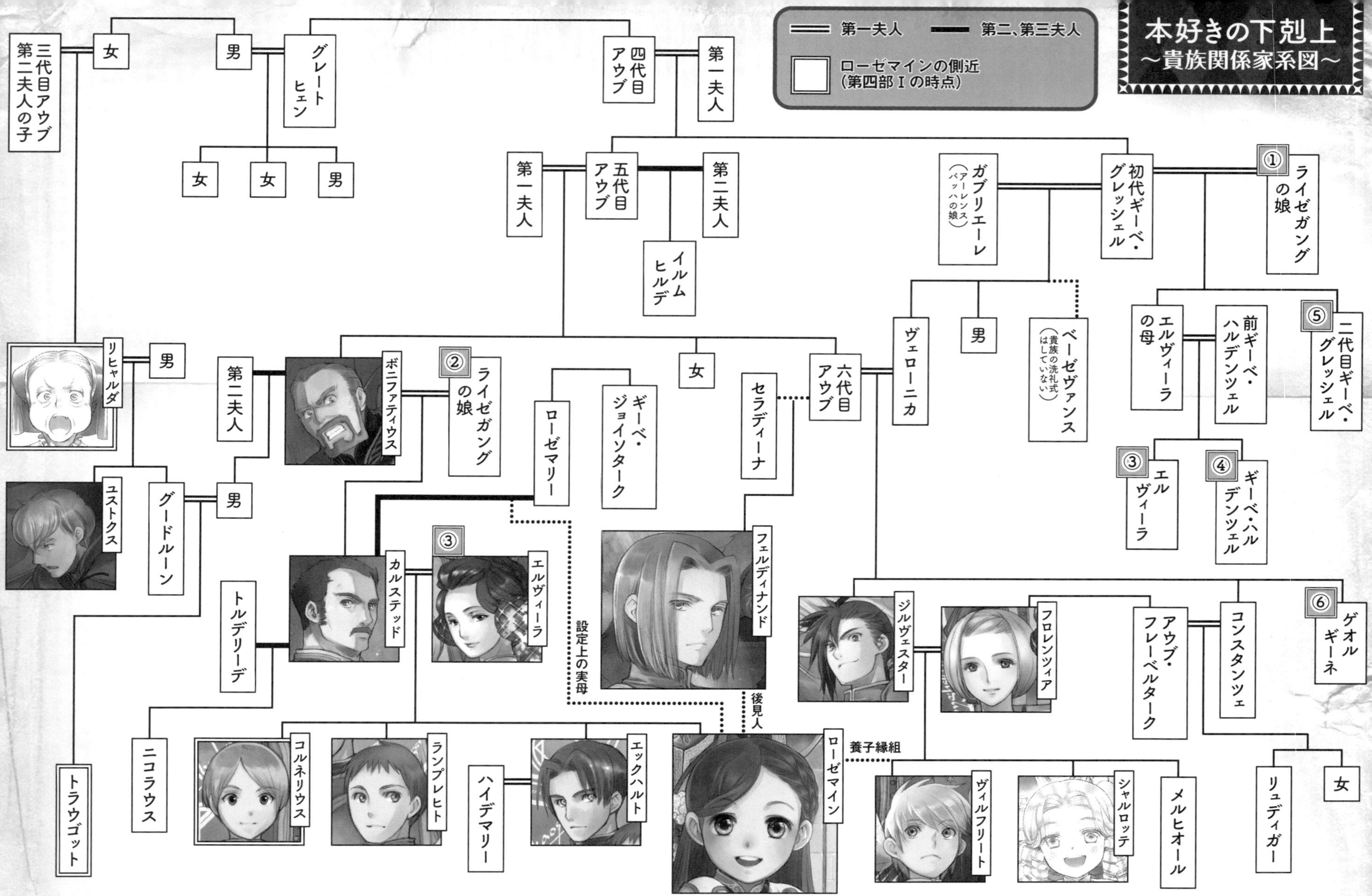

本好きの下剋上
～貴族関係家系図～
第一夫人
第二、第三夫人
ローゼマインの側近
（第四部Ⅰの時点）
三代目アウブ第二夫人の子
女
男
グレートヒェン
女
女
男
四代目アウブ
第一夫人
第一夫人
五代目アウブ
第二夫人
イルムヒルデ
ガブリエーレ
（アーレンスバッハの娘）
初代ギーベ・グレッシェル
① ライゼガングの娘
ヴェローニカ
男
ベーゼヴァンス
（貴族の洗礼式はしていない）
エルヴィーラの母
前ギーベ・ハルデンツェル
⑤ 二代目ギーベ・グレッシェル
③ エルヴィーラ
④ ギーベ・ハルデンツェル
リヒャルダ
男
第二夫人
ボニファティウス
② ライゼガングの娘
女
セラディーナ
六代目アウブ
ローゼマリー
ギーベ・ジョイソターク
ユストクス
グードルーン
男
カルステッド
③ エルヴィーラ
フェルディナンド
設定上の実母
トルデリーデ
ジルヴェスター
フロレンツィア
アウブ・フレーベルターク
コンスタンツェ
⑥ ゲオルギーネ
後見人
養子縁組
ニコラウス
コルネリウス
ランプレヒト
ハイデマリー
エックハルト
ローゼマイン
ヴィルフリート
シャルロッテ
メルヒオール
リュディガー
女
トラウゴット

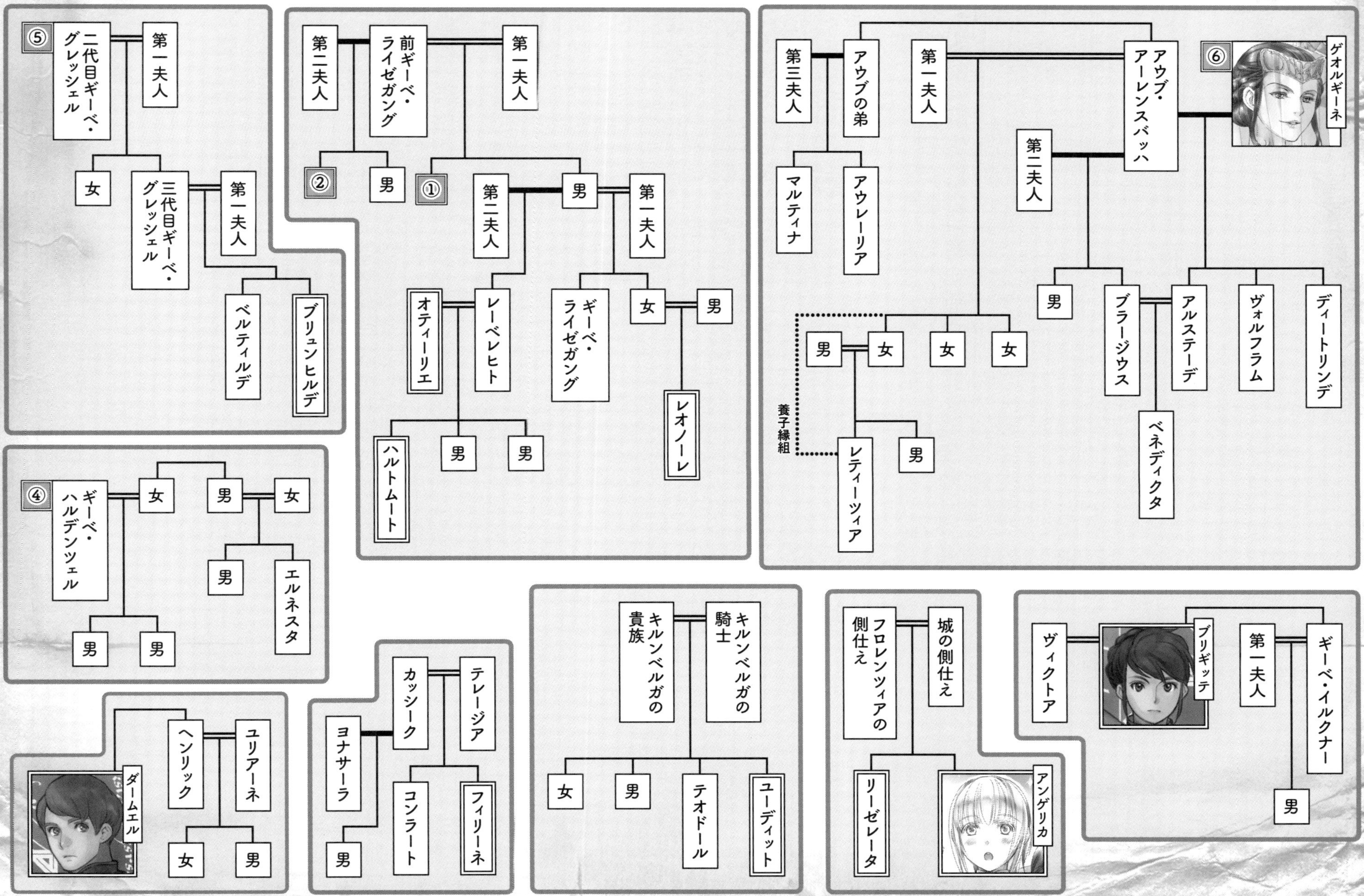
⑤
二代目ギーベ・グレッシェル
第一夫人
女
三代目ギーベ・グレッシェル
第一夫人
ベルティルデ
ブリュンヒルデ
第二夫人
前ギーベ・ライゼガング
第一夫人
②
男
①
第二夫人
男
第一夫人
オティーリエ
レーベレヒト
ギーベ・ライゼガング
女
男
ハルトムート
男
男
レオノーレ
第三夫人
アウブの弟
第一夫人
アウブ・アーレンスバッハ
⑥
ゲオルギーネ
第二夫人
マルティナ
アウレーリア
男
ブラージウス
アルステーデ
ヴォルフラム
ディートリンデ
男
女
女
女
養子縁組
レティーツィア
男
ベネディクタ
④
ギーベ・ハルデンツェル
女
男
女
男
男
男
エルネスタ
ダームエル
ヘンリック
ユリアーネ
女
男
カッシーク
テレージア
ヨナサーラ
男
コンラート
フィリーネ
キルンベルガの貴族
キルンベルガの騎士
女
男
テオドール
ユーディット
フロレンツィアの側仕え
城の側仕え
リーゼレータ
アンゲリカ
ヴィクトア
ブリギッテ
第一夫人
ギーベ・イルクナー
男

香月美夜先生Q&A

2017/7/11〜7/20の間に「小説家になろう」の活動報告で募集した質問にお答えするコーナー。前回同様、「こんなことが知りたいのか」と驚くような細かい質問が多かったです。今回もできるだけ多く、と思って頑張りました。　香月美夜

Q第一部でギュンター父さんとオットーさんが仕事の帰りに飲みに行く場面がありますが、日が暮れて暗くなっていると思います。下町に街灯はあるのでしょうか？

A店の近くには篝火《かがり》がありますが、帰り道は自分で火を持って歩かないと、基本的に真っ暗です。

Q神殿の会計支出項目（神の御心、神への供物、神への花、神への水、神の慈愛）の実体が知りたいです。一番多い神の御心は青色のお給金でしょうか。できれば収入項目（領主からの予算と実家の寄付と収穫祭のお布施のみ？）の項目名も知りたいです。

A「神の御心」支出項目に書かれている時は神殿長、青色神官への給料。収入項目に書かれている時は領主からの予算。「神への供物」神事の費用。花、香、布など。「神への花」花捧げする灰色巫女を着飾らせる時に使用します。元々は貴族が入れるように神殿を整えるための費用でした。「神への水」接待費。酒代や宴会代など。貴族がやってきたら自分も経費で飲食できるので、積極的に神殿へ招いていました。「神の慈愛」孤児院費。灰色神官服や掃除道具などです。
「神への捧げ物」領主の予算以外に入ってくる収入全て。○○からの捧げ物と書かれています。

Q二部癒しの儀式で神官長はマインを自分の庇護下にあると言い切りましたが、周囲に理解された内容は、将来フェルディナンドが手をつける予定があるという意味に取られていて、神官長も牽制のためそれを含めた意味でいったのでしょうか？

Aそこまでの意味はありません。公的ではないにせよ、後見人と同じように対応するという宣言です。「結婚話などは私を通せ。勝手は許さない」そんな感じ。

Qマインがカルステッドの元で洗礼式を行いましたが、そうしたらマインは洗礼式の以前に神殿で巫女見習いで活動した事になります。貴族の見た目では大きな矛盾ではないでしょうか？　公式では表に活動しちゃいけない視点で騎士団の要請も受けました。これに対してどんな根回しと説得があったかお伺いたいです。

A本来は成人の役目なので、前もって魔力の関係で未成年の青色巫女見習いを儀式に連れて行くことはジルヴェスターとカルステッドに知らせてありました。未成年の青色巫女見習いを伴うとは聞いていたが、まさか洗礼前だとは思わなかったというのが騎士団の意見ですね。あと、神殿は貴族にとって貴族以外の者がいる場所なので、貴族と違うことをしていてもあまり気には留めません。貴族じゃないから。

Q二部でマインがジル様達と襲撃にあったときにアーレンスバッハの身食い兵の存在が示唆されてましたけど、身食い程度では境界門を通らなくても、領地の結界に反応しないのでしょうか？

A身食い兵は主と一緒に、普通に境界門を通ってエーレンフェストのギーベのところへ行き、それから指示を受けて襲撃を行ったので、領地の結界には特に反応しませんでした。

Qジルヴェスターから見ると、まだ家族の顔が見られるようにして神殿に残れるように配慮してって、マインちゃんを実子よりも甘やかしてるつもりなのでしょうか？

A神殿長に就任させたり、神事をさせたりしているので甘やかしているつもりはありませんが、神殿で過ごせるようにしたことでライゼガング系貴族に刺々しい目で見られてるので、配慮はされています。

Q第三部Ⅰでフェルディナンドはランプレヒトにローゼマインの身に何が起こったのか質問されて後日でよかろうと言葉を濁《にご》していましたが、後日どのように回答したのでしょうか。

Aヴィルフリートによるローゼマインの顔すり下ろし事件が起こったので、周囲がそれどころではなくなって、特に追求されていません。追求されないことは放置です。ちなみに、追求されたら「護衛騎士として付いていたランプレヒトの失態」についての追求返しや最近の様子を尋ねることで煙に巻きます。まともに相手をする気は最初からありません。（笑）

Qローゼマインの洗礼式のメダルを見たフェルディナンド様が、「やはりな」と言ったのは、何故ですか？

A記憶を覗いたときに甘いと言ったことで、自分の魔力と似ているとして全属性と推測していた＋魔力だけの力業で全属性の祝福を家族に与えていたので、そこから全属性であることを推測していたからです。

Qジル様は個人的にイタリアンレストランへ行くことはあるのでしょうか？（お忍び含む）

Aありません。わざわざ行かなくても城で食べられるようになりましたし、紹介がなければ入れないのでお忍びで突発的に行けませんし、行った時点でローゼマインに連絡されることは目に見えています。それがどれほど迷惑なのか、ローゼマインに釘を刺されましたからね。

Qマインちゃんが恋文だと思って隠していた手紙のことは、公になれば、マインちゃんが罪に問われるような案件だから、隠してたことはフェルディナンドがもみけしたのでしょうか？

Aもみ消しました。「まだ残っていたようだ」と普通の顔で提出したので、特に隠していたことになっていません。

Q貴族はたっぷりの布を使用する衣装がデフォルトで足

を見せるのも破廉恥《はれんち》あつかいですが、ブリギッテの衣装の肩だし、腕だしはOKなのですか？

Aお母様方のOKが出たのでOKです。オフショルダーの衣装は元々ありましたから。腕は出し過ぎ注意で、先に派閥でお披露目した時に修正が入っています。

Q領主の養女Iの「腹の痛い料理人」でイルゼの持ってきたケーキを冬の支度部屋に置いていましたが、幾ら涼しくても夏頃のはずです。「ミルフィーユ」は生クリームを使っていたのに大丈夫ですか？

A日本の夏と気候が違いますし、冬支度部屋は涼しい場所です。下町では当たり前の保管場所です。あと、イルゼが持ってきたのは、ミルフィーユではありません。「ミルクレープのクレープ」「スポンジケーキ」で、「仕上げは俺達」なのです。生クリームはまだ使っていません。

Q騎士以外は魔石で鎧を作る方法を教えないのかな？　マインに教えたら採集が楽だったのでは？

Aシュタープを持っていない状態で、騎獣と鎧と採集道具への魔力供給を一度にするのは結構技術と慣れが必要なので、移動に必要な騎獣を優先させました。特訓にゆっくりと付き合う余裕があれば、行ったかもしれませんが、ローゼマインが次々と新しい予定を入れるので、そんなに暇な時間はありませんでした。鎧より印刷機の方が大事なので仕方ありません。

Q徒歩が一時間四キロで八時間として三十二キロ／日。馬が徒歩の倍として六十二キロ。数日フォンテドルフから馬で四日、反対側が馬で六日として、歩いて二十日、六百二十キロメートルくらい。雪道や山道などを考慮しても、軽く直径で二百キロ以上の無人地帯、関東一円くらい、になってしまう計算かななどと思います。フォンテドルフから女神の水浴場への記述は、もしかして馬で数日ではなく馬で数時間の間違いなのでしょうか？

A世界が違うので、計算の前提が全く違うと思います。まず、街道のように整った道を移動するわけではありませんし、小高い山だけではなく、山の前には雪の森も広がっているので、移動速度は遅いです。
また、冬の館に皆が集まっている季節なので周囲に人里がなく、駅馬車もないので馬を取り替えられません。馬にも人間にも休息時間が必要ですし、宿に泊まれないため明るい内に余裕を持って野営地を探し、野営準備を終える必要があります。また、季節柄、日の昇っている時間帯はまだ短いため、一日に八時間も移動時間に充てられません。更に、騎士達には楽に倒せる魔獣でも、平民達は罠を張ったり、一匹と戦うのに何人も必要だったりするので、魔獣討伐にかなり時間がかかります。そのため、一日に移動可能な時間は更に減少します。
あと、ユルゲンシュミットの事情として非常に重要なことですが、目的地が「女神の水浴場」なので、女神像へのお供え物や態度によっては道が複雑化します。ローゼマイン達のように最短距離、最短時間でたどり着けるとは限りません。

Q春の素材採集の前にローゼマインや神殿組がお菓子のお供え物をした時です。あのお菓子はその後消えて無くなったのか、一度お供えした後に人が食べたのか。

A消えてなくなりました。ちなみに、お菓子を広げていたところでは小さい光に食われました。

Q春の素材収集における女神の沐浴場で起こったファンタジーな出来事は、やはりフリュートレーネの介入なのでしょうか？　食べられていた小さい光は神の介入用端末のようなものなのでしょうか？

A女神の水浴場は水属性の魔力が溜まりやすいところで、小さい光は魔力の塊です。魔獣にとってはごちそう。水属性なので、春の眷属に祈りが届きやすくて介入されやすいです。

Qイルクナー生活するルッツ達が川魚を食べていたのですが、歓迎の席では出なかったのでしょうか？　それとも不明食材なので取り分けられなかったとか？

A給仕するフランやモニカがローゼマインに出しても問題ないと判断した物が皿に並べられます。初めて見た食材、パッと見た感じカトラリーで食べるのが難しそうな食材、下げ渡された時に自分が困る食材は並びません。

Qヴィルフリートを廃嫡《はいちゃく》した場合って具体的にどうなるのですか？

A領主の子でいられなくなり、貴族ではなくなることを示すために神殿へ入れられます。当然、貴族院へは行けません。ヴェローニカを慕って公にジルヴェスターに反発してしまった場合は、処分が白の塔ならば優しい方で、ヴェローニカ共々処刑が妥当です。

Q洗礼のお披露目での祝福はランプレヒト視点からは不安に思われていたし、もっと不穏なこと考えた人もいそうですけど、そういうことを本人には伝えないのが側仕えの仕事なのでしょうか？

A魔力量を見込まれて養女になったローゼマインは貴族達に自分の有用性を見せつける必要があります。それに、冬の社交の始まりです。ヴィルフリートを守りながら貴族と対応してもらわなければならないのに、「失敗した……」と落ち込んでいる主を更に落ち込ませて不安にさせるようなことを側仕えは言いません。

Qヴィルフリートが洗礼式前に一緒に過ごした家族はヴェローニカだけなのに、なぜそれで両親と過ごす時間を欲しがって楽しみにできるのでしょうか？　ヴェローニカは、ジルヴェスターやヴィルフリート以外は褒めないイメージがあり、フロレンツィアの悪口も吹きこんでそうなのに。

Aたまにしか会えないけれど、とても可愛がってくれる親戚との時間が楽しみだった経験はありませんか？　ヴィルフリートは家族が祖母、両親が親戚の距離感ですが、会えることは楽しみにしていました。

悪口を悪口に聞こえないように口にするのが貴族女性の嗜《たしな》みです。ヴィルフリートがもっと敏感、もしくは、成長していれば、ヴェローニカが嫌みと皮肉満載のことしか言っていないことに気付いたかもしれません。

Q ローゼマインになってから様々な改革をし始めている事柄について、ヴィルフリートは何故焦らなかったのでしょうか？

A エーレンフェストに利益があるけれど、ローゼマインが趣味でやっていることですし、ヴィルフリートの場合は他人の趣味に手を出す前に、不足している教育を補う方が大事だからです。

Q ヴィルフリートの再教育がヌルイのは何故でしょう？　ヴェローニカが失脚した後、教育権を戻したのに、フロレンツィアは何をしていたのか。忙しいというのは理由にならないのでは？　もう領主候補生として学習面がクリアしたならいいと思ってるのでしょうか？

A ぬるいのは、フロレンツィアではなく、筆頭側仕えのオズヴァルトですね。北の離れに入ると半独立状態なので、フロレンツィアにできるのは定期的に様子を窺うくらいです。何ができて、何ができていないのかのチェックも学習面のクリアが最優先されます。お披露目は何とか取り繕っただけで、学習面も全然足りていません。フェシュピールもたった一曲弾けるようになっただけですから。

Q ローゼマインが明かさなければ、ヴィルフリートにはヴェローニカが犯罪者だっていつ言うつもりだったのでしょうか？　シャルロッテは側近辺りから既に聞いているようなのに。お披露目前に、課題を出されたり側近が辞めさせられたりして疲弊《ひへい》したから、言うのを先延ばしにしたのでしょうか？

A 周囲とヴィルフリートがもう少し落ち着いてから……貴族院へ向かう前くらいでしょうか。ヴェローニカについての報告はジルヴェスター次第です。フロレンツィアが話すと、どうしても感情的になりすぎるため、後の親子関係に不都合が生じる可能性が高いので。シャルロッテが知っているのは、ヴェローニカの失脚をフロレンツィアが喜んだからです。母親を罰することに落ち込む夫の姿を見ているのに、自分は安堵したし、嬉しかったことに対してフロレンツィアは罪悪感を覚えました。

Q フロレンツィアの側近はフレーベルタークから連れてきた者達以外に、ギーベライゼンガングの異母弟であるハルトムートの父親がいたのにヴィルフリートの教育情報が全く入っていなかったのですか？　というかお母様は教えなかったのですね。

A 全くではありません。日常の報告でジルヴェスターが教育の遅れを少しは知っていたように、フロレンツィアも多少は知っていましたよ。想定外のひどさだっただけで。「私もあのような感じだった」「母上が育てているのだから私程度には育つ」というジルヴェスターの言葉を七割くらい信じていたのと、ヴィルフリートの教育程度が「エーレンフェストの領主一族の標準」と思っていたことが大きいです。

それに、側近もお母様も詳細は教えません。貴方ならば事前に教えますか？「貴方の息子の出来があまりにも悪いことを理由に、ヴェローニカ様共々失脚させる予定です。シャルロッテ様かメルヒオール様を次期アウブとして立てるので、ヴィルフリート様のことは諦めてください」って。

Q 三部の時点でコルネリウスやアンゲリカはダームエルのことをどう思っていたのでしょうか？　いくら昔からの仲でも下級貴族が側近で指示だし役なことに思うことはなかったのでしょうか？　それともすぐいなくなる存在だからと何も思わなかったのでしょうか？

A ブリギッテが神殿に慣れるまでは、慣れているダームエルがローゼマインから指示を受けてくるのは仕方がないという感じでした。指示を出すのはなるべくブリギッテに任せているので、時々苛立つことはあっても受け入れられました。「アンゲリカの成績を上げ隊」によって、アンゲリカは「ダームエルがいなければ進級できません」と純粋に尊敬。コルネリウスは「ローゼマインの無茶ぶりをここまで丁寧にこなすのか」と素直に感心しています。

Q ダームエルは普通の文官より、単純な事務にも上司からの無茶ぶりにも対応できそうなイメージなのですが、下級だけど本業のヘンリックとブラックバイトのダームエルでは現状どちらが優秀なのでしょう？

A 教育者がフェルディナンドで、失敗すれば物理的に首が飛びかねないような後のない状態でしぼられているので、数年経てばダームエルの方が嫌でも優秀になります。神殿業務、マジブラック。

Q 『救出』で「よりにもよって、あれを使ったか」と言ってる薬は、魔力の流れを悪化させる薬なのでしょうか。

A そうです。薬で魔力の流れを変えると、普段と同じように魔力を使えません。思うように魔力を使えなくすることで反撃を封じ、平民にも運びやすいようにしました。

Q ローゼマイン圧縮法の効果は精神力でどのくらい差が出るのでしょうか。例えば養父様とカルステッドとフェルディナンドだとビフォーアフターはどんな感じになりますか。

A 女性が運動による効率的なダイエット方法を知った時に、どれだけ真面目に、定期的に、長期間行うかによって全く効果が違うように、知っているだけでは意味がありません。アフターがいつなのかによって、かなり差が出ます。

Q契約魔術の羊皮紙の管理について。ギルド関連の羊皮紙はフリーダが覗ける部屋にありました。エーレンフェストの契約はエーレンフェストのどういう部屋に保管されるのでしょうか？　管理している文官はかなり高位で厳重な管理が必要だと思うのですが、これも人を契約で縛って管理してるのでしょうか。名捧げ必須とかあるのか気になりました。あとローゼマイン圧縮法の契約魔術の羊皮紙はユルゲンシュミット中央領地へ集まるのか、貴族院の部屋に集まるのかが気になりました。

A契約魔術の契約書は控えを残さなければ残りません。燃えてなくなります。商売関係で平民が契約魔術を行った時は商人にはギルドへ届け出の義務があります。ベンノが提出したので商業ギルドに管理されていました。でも、貴族間の契約魔術関連の書類については、領地経営に深く関わる契約の詳細が記された書類が管理される資料室はありますし、普通の文官が管理していますが、全てが届け出されるわけではありません。ローゼマインの魔力圧縮方法についての契約に必要な魔術具を取り寄せましたが、その内容について届け出の義務はありません。

Qゲオルギーネがアーレンスバッハの第一夫人になったのは、ゲオルギーネがそうなるように何かしたからですか？　それともただの偶然ですか？

A偶然でなれるほど、アーレンスバッハの第一夫人の地位は簡単なものではありません。

Qリヒャルダのように、ローゼマインがカルステッドの子ではないと確信を持っていても黙っている人って、他にも居ますか？

Aよほど近くなければ、嘘を吐いているなどの小さな癖を見抜けないので、まずいません。カルステッドの母親が存命ならば気付いたかもしれませんね。

Qボニファティウスは心底からローゼマインを自分の血を引く孫娘と信じているのでしょうか？

Aエルヴィーラの子とは思っていませんが、少なくともカルステッドの子だとは思っています。

Qユレーヴェは何処の貴族でも作って持っているようですが皆浴槽一杯ぐらい大量に隠し部屋辺りに置いているのでしょうか。

A騎士などは命綱なので保管しています。

Qローゼマインがユレーヴェから目覚めた時、フェルディナンドが全然変わりなかったことで二年が経過したことに気付かなかったようですが、フェルディナンドは何故全然変化していないのでしょうか。

A八歳が十歳、十三歳が十五歳ならば、二年でずいぶん変わりますが、二十二歳が二十四歳はそれほど変化がないですよ。何より、フェルディナンドの場合は最初に会った時が魔力を搾り取られ、仕事が積み重なった疲労で一番老けて見えていたくらいなので、初対面の頃と変わらない感じでした。（笑）

Q第三部の終わりの所なんですが、ローゼマインが二年という長い月日がたち無事にユレーヴェから出た時、フェルディナンド様はどのような気持ちや感情だったのでしょうか？

Aやっと起きたか。時間がかかりすぎだ、この馬鹿者。全く手間のかかる……。

Qフェルディナンド様の誕生季と魔力の色は？

A誕生季は春ということになっています。全属性なので魔力の色は白い真珠のようにほぼ白なのですが、属性の偏りが少ないため色々な淡い色合いが見える感じです。

Qフェルディナンドはマインちゃんの料理人を無条件に信頼してるようにみえますが。信頼できる人の側近（平民）は警戒対象ではないということでしょうか？

A最初から信用していたわけではありません。マインと下町の関係、料理人が作った物を勧めるマインの言動を細かくチェックしています。ぶっちゃけると、料理人やマインではなく、自分の側仕えだったフランを信用しているという方が正しいです。

Q側仕えに側仕えが必要ならば、ユストクスしか信用できなかったフェルディナンドは神殿に入るまでどうやって生活していたのでしょうか。ユストクスにも側仕えや使用人がいるでしょうから、その全員を信用するのは、フェルディナンドにはできないのではないかと思ったのです。

Aリヒャルダの側仕えがしゃしゃり出てきてローゼマインに接することがないのと同じで、ユストクスの館に行かない限り、彼の側仕えや使用人がフェルディナンドに接することはありません。夫婦や親子などの家族間でなければ側仕えや使用人の共有はしないのです。ユストクスの側仕えの仕事は主の生活圏を整えることで、フェルディナンドの前に顔を出して主の世話をすることではありません。

Q神殿に籠められた時、フェルディナンドは結婚について諦めたとおもうのですが、父上に奥さんと住むべくして館を賜《たまわ》っていたのに、その辺りは何とも思わなかったのでしょうか？　マインに執拗に子を成すのは貴族の義務と言っていたような気がしますが、自分は義務を果たしてないような……。

A相手がいれば結婚したでしょう。魔力と立場が釣り合い、ヴェローニカに疎まれている彼を受け入れてくれる家がなかったのです。ローゼマインに口うるさく言うのは、色々な意味で立場が弱いので、結婚と出産で安全を作れという意味が強いですね。

産める女性は優遇されますから。

Q フェルディナンドはなぜヴェローニカを毒殺とか毒盛りし返したりしなかったのでしょうか。

A 父親が存命中に父親の妻を殺すのはリスクが大きすぎました。死亡前後にヴェローニカを暗殺すると、ジルヴェスターへ宣戦布告することになります。その後は神殿入りして政治の世界から身を引いているのにエーレンフェストを混乱させるのは得策ではありません。フェルディナンドから利を得ている貴族より、ヴェローニカから利を得ている貴族の方が圧倒的に多いですから。独断で暴走して暗殺に走ることは可能ですが、フェルディナンドはそんなことをしません。

Q フェルディナンドが還俗《げんぞく》の際にエーレンフェストでは婚姻可能で魔力が釣り合う女性がいないが人妻ならいると言っていましたが、フロレンツィアでしょうか？

A ヴェローニカです。アーレンスバッハの領主候補生とエーレンフェストで最もアウブに相応しかった初代ギーベ・グレッシエルの娘ですから。

Q ブロン男爵について教えてください。男爵となると下級貴族のようですが、ギルベルタ商会にローゼマインとの仲介を依頼したりしなかったのでしょうか。

A 貴族間で「このお店はお勧めですよ」と紹介し合うことがあっても、平民である商人が仲立ちをして貴族を貴族に紹介することはありません。それで仲介が上手くいかなければ、腹を立てた貴族によって商人が危機にさらされますから。貴族の世界に首を突っ込みすぎないのが長生きできる商人です。

Q フリーダは下級貴族ヘンリックと将来の愛人契約を交わしていましたが、ローゼマインと関わったことでエーレンフェスト領主のお目見えを賜りました。このまま当初の契約通りに日陰者とすることは、領主様に対し不敬をはたらく事にならないのでしょうか。ヘンリックの立場が悪くなると思うのですが、この先どうなるのでしょう？

A 既に交わしている契約の取消を領主が命じたわけでもないのに、不敬になるのは何故でしょう？ 料理を作っているのは料理人でフリーダではありませんし、ジルヴェスターはヘンリックとフリーダの契約のことを知らないし、知ったところで平民が日陰者になるのは当たり前ですし、領主として介入すべき案件とは考えません。契約通りになります。

Q 騎獣のレッサーくんはペダルやハンドル、シートベルトなどは再現されているようですが、フロントガラスやサイドの窓ガラス部分も再現されているのでしょうか？

A 魔力の膜がある感じです。ガラスとも違いますね。運転中は透明で外が見えるし、元々石がうにょんと変化しているので、ローゼマインはそんな物だと特に気にしていません。

Q 毎度ケチョンケチョンに言われるマインのセンスですが、デフォルメ画風がユンゲルシュミット内で受け入れられないだけなのか、マインが無自覚でセンス悪いのか、どちらでしょう？

A どちらもですね。デフォルメという文化がないので受け入れられにくいです。センスに関しては、現代で例えるならばゴキブリをデフォルメして騎獣にしている感じでしょうか。虫を好きな方は面白がっても、いくらデフォルメしたところで受け入れられない方が多くて、デフォルメが可愛い、可愛くないという問題ではなく、何故それを選んだ!?　ゴキブリじゃなくてウサギにしよう！　と周囲の人達が叫んでいる状態です。

Q ローゼマインはジルヴェスターやフェルディナンドに反抗すると殺される的に考えてる事がありますが実際に反抗したらジルヴェスターやフェルディナンドはどう対処したんでしょうか？　ローゼマインが本気でアウブエーレンフェストを目指そうとした場合等。

A 反逆罪で実の息子が神殿行き、もしくは、処刑ですから、元平民のローゼマインならば間違いなく処刑です。ローゼマインを貴族に取り込みたいと提言したフェルディナンドが責任を取って魔術契約の抜け道を使い、処刑することになったでしょう。もし、フェルディナンドにできない状況が訪れた時は、魔術契約をしていない領主の側近が代わりに実行します。

Q エーレンフェストにはいくつか境界門がありますが、クラッセンブルクやアーレンスバッハとの境界門での行き来はどの程度あったのでしょうか？

A クラッセンブルクにとってエーレンフェストは眼中にないのでほとんど行き来がありませんが、アーレンスバッハやフレーベルタークとは貴族や商人の交流もあります。第二部で貴族街へ他領の貴族が立ち入ることは禁じられましたが、それ以外では警戒してもまだ往来を禁じていません。

Q ユルゲンの水泳概念と水着事情を。実際は騎士限定の習得技術とかだろうか？

A 海のない領地では特に必要ないので、水泳がないですね。外で水着になるなんて破廉恥な！　水に入る時は騎士の全身鎧ですよ。

Q 女性は貴族も平民も、成長の節目でスカートの丈や髪型が変わりますが、男性は何か年齢による服装などの変化はありますか？

A 平民も貴族も十歳までは半ズボンもはきますが、それ以降は大人と同じになります。女性ほど明確ではありません。成人までシュタープを得られなかった昔は、十歳で魔術具の武器を与えられました。

Q 下町の平民が狩ることのできる魔獣はシュミル以外も居るのでしょうか？　魔獣の子供だったら的なものはあるのでしょうか？

A当然シュミル以外にもいます。魔獣も子供の内ならば何とかなるものが多いです。親が出てきた時点で、平民側が終了ですけれど。

Qマインがパルゥの木から実を採るなら、自分の魔力に染めた特別なパルゥが採れたりするのですか？

A枝ではなく、実をつかんで魔力を流して染めれば、パルゥではなく魔石が採れます。

Qもしもマインがパルゥを採りにいけたり、星祭りに参加してこまめに魔力を捨てることができていたら、神殿の巫女見習いにならずに生きる可能性はありましたか？

Aその程度で何とかなる魔力ではないので、多分十歳くらい？　成人までもたずに死にました。もしくは、トロンベを生やす危険人物として捕らえられて処刑されました。娘を捕らえなければならないギュンターを思うと、神殿に入ることができてよかったです。

Qローゼマインは料理のレシピを本にして売り出していますが、それまで本が一点ものだった時代に料理本的なものがありますか？

A料理人は基本的に平民なので、文字が読めないと考えた方がいいです。まだ、貴族が厨房へ出向くことも、詳しい調理法を知っていてレシピを教えられるということもないので、レシピ本は存在していません。料理人はその家で作る味を教えられるか、見て盗む感じです。食通家が日記的に「これがおいしかった」と記した木札くらいはあるでしょうが、作り方が載っているわけではないのでレシピ本ではありません。

Qローゼマインの料理、平民が食べ続けると身食いになりやすかったりしませんか？

他の方も書かれていますが、ローゼマインの調理法が広まる事で、貴族の魔力量に（長～い目で見て）影響があったり、平民の身食いが増えたりする事は有るのでしょうか？

Aそうですね。何代にも渡って食べ続けたら、多少影響が出るかもしれません。ですが、魔力圧縮で増える分を考えれば、些細な量です。

Qシュツェーリアの盾がローゼマインに敵意のあるものを弾くだけで、ローゼマインが中に入れたくない者を拒むことができないのには理由があるのでしょうか？

A明確な敵ではない者を死なせたくないとローゼマインが考えるからです。シュツェーリアの盾を使う時はかなり危険な状況です。盾に入れなければ死ぬ可能性が高いとして、好きではないけれど、敵ではない。好きではないけれど、目の前で死んでほしいわけではない。そういう時は中に入れたくなくてもローゼマインが拒めません。

Qマインの翻訳機能ですが、貴族になってからも翻訳機能に頼っているのでしょうか。数字は思い浮かべると現地の数字が書けたようですが……。

Aマインの翻訳機能は平民の中でも寝込んでばかりで経験の少ない五歳児レベルだったので、初期に家族と会話するのに役に立ったくらいです。知らない単語だらけですし、それ以上は自分で覚えるしかありませんでした。数字も買い物に行って、自分で「これが0」「これが3」と覚えただけです。

Q吹雪の中でも城の入り口への方向を正確に知ることができる能力は予想される地磁気を感知する能力だけでは足りないような気がしますが、どういった性質や要素を想定していますか。

A年頃になると魔力を感じられる能力と関係します。そのため、冬の主の討伐など、外へ出る仕事は成人に限られています。あと、騎士は周囲の敵の魔力を探る訓練を受けるので、他より魔力に敏感ではあります。

Q側近同士は同僚なので呼び捨てにし合うのですよね？　上級貴族は他の上級、中級、下級から様付されるようですが、中級貴族も下級からは様付されているのでしょうか？

Aそうです。様付けされます。他領の貴族は階級がわからない場合、初対面の者に対しては全員に対して付けることが普通です。

Q貴族院入学前の子供達、ローゼマインやヴィルフリートに文官はつかないのですか？　側仕えや護衛騎士はよく出てきましたが、文官はいなかったような……？

A側仕えと護衛騎士は生まれてすぐから必要ですが、文官は仕事をするようにならなければ必要ないので、洗礼式以降に人選が始まります。

Qユルゲンシュミットの貨幣はどこで作られているのでしょうか？　またコミカライズを見ると硬貨の表面に模様がありますが、鈴華先生のオリジナルでしょうか？

A中央で作られています。模様は鈴華様のオリジナルです。

Q領主の子は洗礼式を迎えるまで同腹の兄弟以外の近い年頃の子供と触れ合う機会がないのでしょうか？

A母方の親戚の子が同じ領地であれば、もしくは、母親が信用する友人の子ならば会う機会が少しはあります。身分差があるので難しいです。

Q貴族には姓があるそうですが、正式に名乗ったらどういう形になるのでしょう。マイン、ジルヴェスター、ギーベ・イルクナー、エルヴィーラ、ダームエルを例に知りたいです。

A「ローゼマイン・トータ・リンクベルク・アドティ・エーレンフェスト」「ジルヴェスター・アウブ・エーレンフェスト」「エルヴィーラ・トータ・グートハイル・フラオ・リンクベルク」「ヘルフリート・アンブロス・ギーベ・イルクナー」「ダームエル・ゾーン・ベルネット」

Qボニファティウスの息子であるカルステッドは上級貴族ですが。領主候補生の子供は必然的に上級貴族になるんでしょうか？

A次期アウブが決まっていなくて、親がアウブになる可能性がある時は領主候補生として育てられます。仮に親がアウブになった時に、後を継げる子がいなければ困るからです。カルステッドの場合、アウブは決まっていましたが、子供が女だけで第二夫人を娶《めと》る予定がなかったため、ジルヴェスターが生まれるまで領主候補生でした。

Q第一夫人の子と第二夫人の子の扱いの差はどんな感じが一般的ですか？

A父親の性格、母親同士の関係、母方の実家の影響力、子供の魔力量や能力に寄るので、一般的というものはありません。第一夫人がめちゃくちゃ強い場合は、第二夫人の子の扱いが非常に軽いこともありますし、夫が第一夫人より影響力の強い家から第二夫人を娶った時は第二夫人の子の方が優遇されます。家によって、時代によって違います。ヴェローニカの時代があと十年以上続いていれば、第一夫人でもエルヴィーラの子達は冷遇され、ニコラウスが跡継ぎになったでしょう。

Q一夫多妻制のようですが、逆はありますか？　女性アウブの夫が第二夫人以降を娶ることはありますか？

A逆はかなり特殊ですが、全くないわけではありません。ただ、女性アウブの夫が第二夫人以降を娶ることはありません。愛妾ならばあります。

Q魔力が低く下働きにされた子の洗礼式後の扱いはどうなるのですか？　親兄弟と交流は断たれるのですか？

A貴族の子として洗礼式を受けないため、公的には平民扱いになります。親兄弟との交流はその家によりけりですが、その家の下働きになるので、主従関係がある程度作られます。

Q平民・貴族から双子や多胎児は生まれるのでしょうか。平民は体力、貴族は魔力の問題で滅多に生まれないのかなと想像しているのですが。ユルゲンシュミットのどこかに生まれて居ますか？

A生まれないわけではありません。おっしゃる通り、平民は体力や栄養状態的に無事に生まれることが少ないです。貴族は魔力が少なめに生まれるので、生まれてもなかなか貴族として育ちません。双子の両方が実家の下働きになることが多いです。

Q平民が他領の人と結婚する場合、メダルや市民権の扱いはどうなるのでしょうか？

A下町に住む平民は星祭りの時に他領との婚姻希望の届け出を神殿に出します。すると、折を見て処理され、神殿に出入りする商人に召喚状が渡されます。呼び出された日（冬の成人式か春の洗礼式）に神殿へ召喚状を持って行くと、メダルがもらえます。直轄地の町や村、ギーベの土地に住む平民は、収穫祭で移動の届け出を神官にします。そうしたら、次の春の祈念式にメダルが届けられます。

市民権はメダルに付随するので、そのメダルを受け取った時点で市民権がなくなり、仕事や住居などを一気に失うため、早々に結婚相手のいる他領へ移動し、星祭りの時に登録料と一緒に神官へ渡して登録してもらいます。面倒なので、よほどの利益が見込めない限り、他領と結婚することは少ないです。

Q領地のメダルは、旅商人はどんな扱いになっているのでしょうか？

A属している領地がないので旅商人です。旅商人にメダルはありません。洗礼式も成人式もお墓もありません。

Q隠し部屋について質問です。部屋の面積は魔力量に関係ないのでしょうか。フェルディナンドの隠し部屋には物があふれている状態だったので、下級～上級・領主候補生とかでも広さは同じなのかなと思ったのですが。

A魔力で作る空間なので魔力量に依りますし、最初に設定した時の広さからは変えられませんが、自分で広さは設定できます。フェルディナンドは隠し部屋に他者を入れる気がなかったので、あまり広くしなかっただけです。それから、当初は神殿の隠し部屋にここまで物が増える予定ではありませんでした。貴族街に自宅があるので。

Q白の塔の様な場所はいくつかあるのでしょうか？　ヴェローニカの収容されている塔は特別で他に入ってる人は居ないのでしょうか？　ヒキガエル伯爵はどこに収容されているのでしょう？

A白の塔は領主一族が収容されるところです。今は他に入っている者はいません。ビンデバルト伯爵は犯罪者の貴族を捕らえる牢にいます。

Q孤児院があんなに悲惨だったのは粛清の後の青色神官の激減が理由だったと思うのですが、ならばその前の神殿はどんな感じだったんだろう？

A前神殿長がお盛んな時代はまさに花捧げ全盛期でした。神殿から出られるはずがないので、青色巫女にも色を好む方がいらっしゃいました。

Qエーレンフェストには花街というか春を売る事は商売として存在してないのでしょうか？

A貴族相手ならば、神殿の花捧げがそれに当たります。平民はエラが嫌がって逃げましたが、女給がその役目を負っています。

Q大領地（アーレンスバッハ）と中領地（エーレンフェスト）の各階級の魔力量の基準は同じでしょうか？

A貴族院の講義に差し支えるので、階級の魔力量の基準はそれほど変わりません。ただ、人数に大きな違いがあるので、重用されるかどうかが変わります。中級貴族には中級貴族の仕事が任されるので、中級貴族の下より、下級貴族の上の方が生きやすいかもしれません。

Q貴族は見たものをイメージして魔石を変化させてると

思うのですが、騎獣に使う動物は実際に存在しているものが使われてるのでしょうか？

A 明確なイメージが必要なので、実際に存在している動物が使われます。

Q ローゼマインが眠っている時にお母様からの依頼でフェルディナンド様のイラスト付きの本が発売された時の冬の社交界はどのような感じだったのでしょうか？

A プランタン商会の販売会ではなく、エルヴィーラのお茶会でこっそり売られました。イラストのように取り上げられたくないので、皆がお茶会以外では口を噤《つぐ》んでいます。派閥の結束が斜め上の方向で強まりました。

Q ゲオルギーネの元婚約者は、どこの領地でどのような関係だったのか？　ゲオルギーネは元婚約者をどんなふうに思っていたのか？

A 現在は中央管理になっている旧ザウスガースの領主候補生で、第三夫人の息子でした。普通の政略結婚ですし、特に恋愛感情はありませんでしたが、ゲオルギーネは自分がアウブになった時に支えてくれる人なので、自派閥の貴族くらいには好意的には思っていました。

Q ユストクスは結婚相手とはどのような出会いで、どんな人物だったのか、なぜ、離婚したのか、子供がいるのか？　今後再婚する可能性があるのか？

A 家系的に結婚しないわけにはいかなかったので、ふらふらしているユストクスのために親族が探し出してきました。ヴェローニカ派のお嬢さんです。ユストクスがフェルディナンドに仕えることを決めた時に、主に危害が及ぶことを危惧して離婚しました。子供はいましたが、洗礼式前に別れていて父親として洗礼式を行っていないため、公的にはいないことになっています。今後の再婚はどうでしょうね？　結婚相手としては結構高齢だし、本人は特に結婚に思い入れがないので、女性側がよほど押さなければ難しいと思います。

Q 年頃になると感じられるようになる同程度の魔力持ちは、自分だけでなく相手も年頃以上の年齢でなければ感じないのでしょうか？

A そうです。お互いがお年頃にならなければ感じられません。感じられるのは魔力量だけで、属性に関しては色合わせで確認します。

Q 前回の『ふぁんぶっく』に「マインは身食いなので誰のお薬でも飲みやすい」とありましたが、下級貴族でも記憶を探る魔術具を使えばローゼマインと簡単に同調してあっさり染めることができるのでしょうか。

A 魔力を染めやすくする同調薬を飲んで、記憶を探る魔術具にかかわらず、魔力を流し込めばあっさり染まります。他の人の魔力に染まっている場合はちょっと抵抗が強めになりますが、染まらないわけではありません。

Q ユルゲンシュミットの一年は三百六十五日ですか？　同じく一日は二十四時間でしょうか？

A 一年の長さは四百二十日なので違いますが、一日は私が把握しやすいので、二十四時間を目安にしています。

Q カレンダーが気になってます。一ヶ月という単位があるようなのですが、何日あるのか、一年は何ヶ月なのかがよくわからないのです。シュツェーリアが頑張ったら秋が伸びるとかフリュートレーネが頑張ったら冬が短くなるなどで、毎年違うのでしょうか？

A 水の日、芽の日、火の日、葉の日、風の日、実の日、土の日の七日で一週間。水の週、火の週、風の週、土の週、命の週の五週間で一月。だいたい三ヶ月で季節は変わりますが、推測されているように、シュツェーリアが頑張ったら秋が伸びるとかフリュートレーネが頑張ったら冬が短くなるので、季節の長さはその年によってバラバラです。

Q この世界に日付の概念はありますか？　予定を立てたり伺う時は何日後っていうのはありますが、明確に日付って出てこないですよね？　でも四季があるならどうやって季節の変わる日がわかるのでしょうか？　確か、洗礼式の日などはカレンダーもなくどうやってわかるのでしょうか？

A 日付ではなく、「水の週の芽の日」という感じで予定を立てることはあります。カレンダーらしきものもあります。平民の個人で持っている者は少ないですが、職場には休日である土の日がいつなのか示すために大体あります。縦に五つ、横に七つ穴が空いていて、毎日木の棒を差し替えることで曜日を知ることができます。季節は時間を知らせる鐘の色が季節の貴色に変わることでわかります。

Q 『ふぁんぶっく1』の質問に「勧善懲悪等、書きたいものを詰め込んだ」とありましたが、それらを書くにあたって「伝えたい人」をイメージしたのでしょうか。

A 「伝えたい人」を想定したことはありません。書籍化する予定もありませんでしたから。私が書きたい物、旦那が面白いと言ってくれる物、成長した子供に読まれても平気な物という縛りで書きました。

◆作者について

Q 鈴華先生や編集者の方から見た香月先生をお聞きしたいです。

A 鈴華：ストイックで一本筋の通った方です。お会いするようになってからは、お茶目で可愛らしい方だなと思いました。あの頭の中にどのようにして世界が広がっているのか、一度覗いてみたいものです。記憶を覗く魔術具で……ダメ？　残念。

担当編集：ローゼマインのように目標に熱く、フェルディナンドのように判断がクールです。こちらは側仕えとして、先生にお仕えするだけです！

～ふぁんぶっく2描きおろし～
カトルカールを作ろう！
漫画：鈴華
砂糖
小麦粉
卵
バター
カトルカール（quatre-quarts）
フランス語で「4分の1が4つ」の意.
パウンドケーキ（イギリス発）と作り方は同じ.
まず小麦粉 卵 バター 砂糖を同量ずつ量ります
その後卵と砂糖を人肌くらいの温度で泡立てます
どうやって人肌にするんだい？
大きいボウルにお湯を入れてつけて温めるんです
ああ
それなら先にお湯を沸かさないとね

卵と砂糖を泡立てるのが一番重要なんです
もったりするまで泡立ててください
ジャカ
ジャカ
ふぅん もったりねぇ
まあ
黄色かった卵がずいぶん白くなったわ
お嬢様もやってみるかい？
ぱあっ
ええ！
じゃか
じゃか
じゃ…
か…

ずーんゞ
お菓子作りって大変なのね…
ぷる
ぷる
次はここに小麦粉をふるいながら入れます
トーン
トーン
こうやって木べらで切るように混ぜていきます
さっくり
掻き混ぜすぎるとふっくらしないから気を付けて…くだ…
ざっ
ざっ
…イルゼさん交代してください
腕が限界…
どっちのお嬢様も力がないねぇ
まったく

最後に溶かしたバターを入れてこれもさっくり混ぜ合わせます
これで生地は完成です
ケーキを取り出し易いように型にバターを塗って薄く小麦粉をはたいたよ
(クッキングシートが無いので)
四角い型がないので鍋で代用.
でれ〜〜
トントンって鍋を落として空気抜きをしてください
ガチャーン!
ドンドン
あとは焼くだけです!
オーブンへ
GO!!

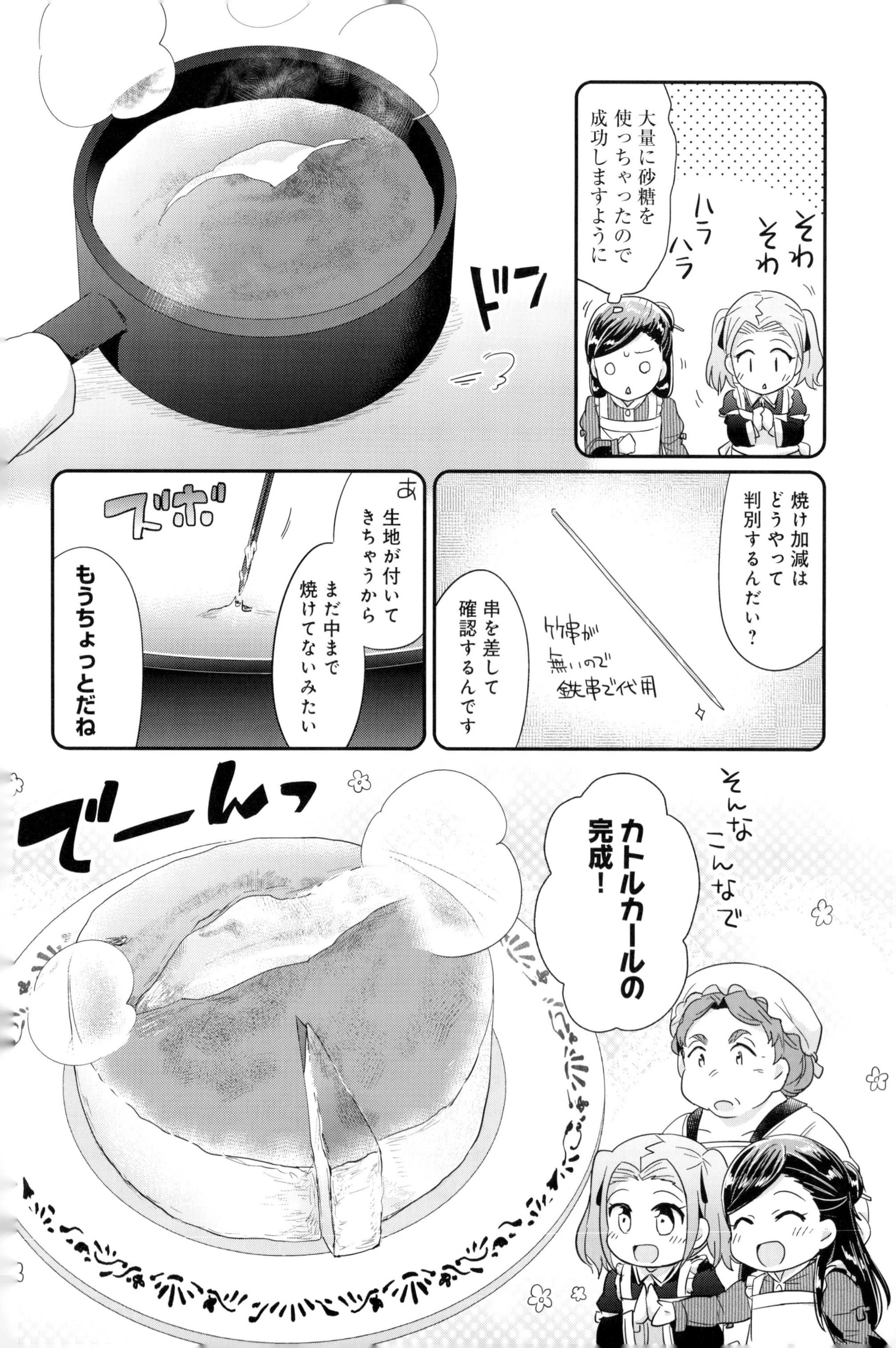
ソワ　ソワ
ハラ　ハラ
大量に砂糖を使っちゃったので成功しますように
ドン
焼け加減はどうやって判別するんだい？
串を差して確認するんです
竹串が無いので鉄串で代用
あ　生地が付いてきちゃうから
まだ中まで焼けてないみたい
ズボ
もうちょっとだね
そんなこんなで
カトルカールの完成！
でーんっ

味見分
優しい甘さで口の中でとろけていく…
初めて食べる味だわ
ばっ
マイン
ひっ!?
さあ次は湯浴みだよ〜
ぐい
このマインって子…
まだ出回ったばかりの砂糖を使ったお菓子のレシピを知ってるなんて
うず
まだ他にも色々隠し持ってるね?
うず
次会った時には他のレシピも聞き出してやろう!
ぞくしっ
イルゼにも目をつけられたマインでした
おわり

ふぁんぶっく2
特別描き下ろしイラスト

毎度おなじみ
巻末おまけ
出張版
ゆるっとふわっと日常家族
作：いなゆう
皆様の応援のおかげで
ふぁんぶっく2発売です!!
愛の戦い
ふぁんぶっく それはファンの皆様の愛の力で生み出された書物
愛こそがすべて 愛こそが正義
ローゼマイン♡
愛
ドーン
コリンナ♡
愛
ドーン
愛を語ったら俺の右に出るものはいませんよ！
私の愛を超える者はこの世にはおらん!!
ローゼマ
リンナ♡
わー来たー
LOVE対決

選　択

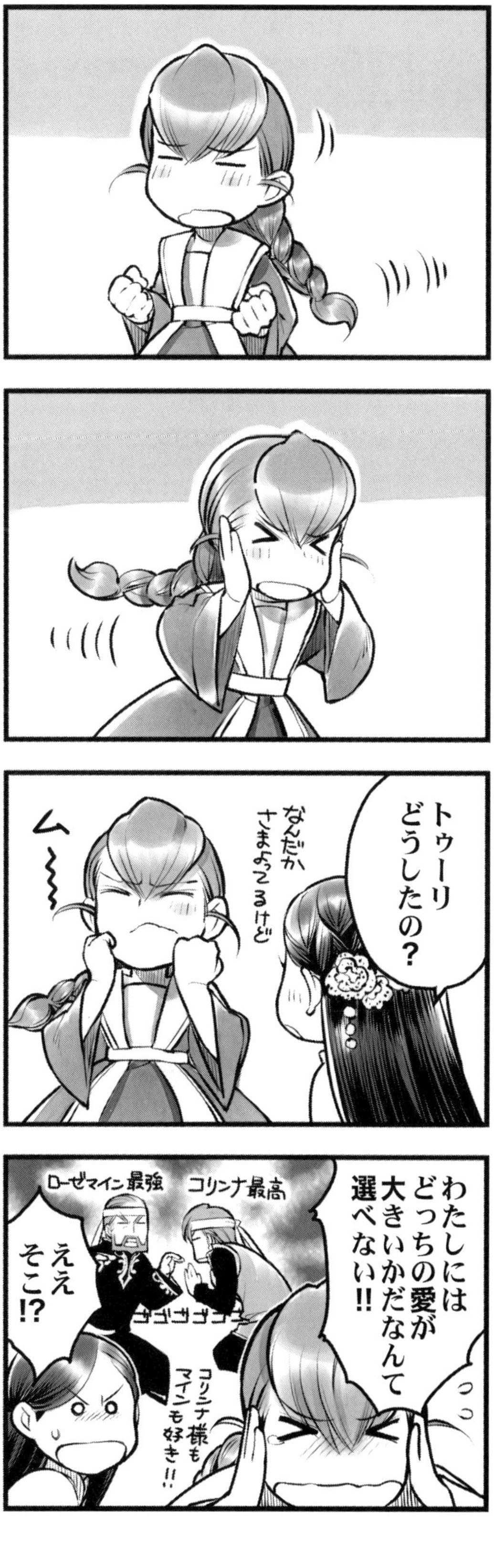
ム〜
なんだか さまよってるけど
トゥーリ どうしたの？
ローゼマイン最強
コリンナ最高
わたしには どっちの愛が 大きいかだなんて 選べない!!
ええ そこ!?
コリンナ様も マインも好き!!

これは愛？

神官長は 嗜好の品とか 趣味とかは ないんですか？
こう 愛しい モノとか
ちなみに わたくしは 本です
これといって 思い付かぬが
強いて言えば ローゼマイン 君かもしれぬ
え!?
わたくしですか？
ぎょっ
君は 研究対象として 希少な素材と言えよう
趣味 薬学・魔術研究
素材!?
ガーン

著者メッセージ

香月美夜

このふぁんぶっく２は「アフレコレポやレポ漫画を本の形にしてほしい」&「今では手に入らない以前のフェアの特典ＳＳがほしい」という要望が多かったことから作られました。
どうぞお楽しみください。

椎名 優

前のふぁんぶっくから早１年。
わたし的にはつい最近だったような気がするんですけどねぇ。
時の流れが速すぎる。

鈴 華

せっかくの『ふぁんぶっく』なので、漫画だけでなくイラストも数点描かせて頂きました。見所は見開きイラストの、ローゼマイン陣営の圧倒的劣勢ぶりです。

本好きの下剋上
～司書になるためには手段を選んでいられません～
ふぁんぶっく2

2018年1月1日 第1刷発行
2025年4月1日 第8刷発行

原　　作　香月美夜
イラスト原案　椎名 優
漫　　画　鈴華
協　　力　鈴木朋弥（TINAMI株式会社）

発 行 者　本田武市
発 行 所　TOブックス
〒150-6238
東京都渋谷区桜丘町1番1号
渋谷サクラステージSHIBUYAタワー38階
TEL 0120-933-772（営業フリーダイヤル）
FAX 050-3156-0508

印刷・製本　中央精版印刷株式会社

ISBN978-4-86472-633-7